Arno Camenisch
bei Urs Engeler

Arno Camenisch
Ustrinkata

Was, Wasser, fragt die Tante am Stammtisch in der Helvezia und schaut den Alexi an, spinnst du jetzt denn ganz. Sie schüttelt den Kopf und steckt sich eine Mary Long zwischen die Lippen, Wasser hole ich dir nicht, kannst selber, wenn du unbedingt willst, wo die Gläser sind, weisst du ja, sie nimmt ein Streichholz aus der Schachtel auf dem Tisch und zündet ihre Mary Long an. Der Alexi will aufstehen, der Luis packt ihn am Unterarm, du bleibst sitzen, sagt der Luis zum Alexi, hier trinkt niemand Wasser, so weit sind wir denn noch nicht, ein paar auf den Deckel kannst du haben, wenn du willst, dann kommst du vielleicht wieder zu Verstand. Ideas da Coifförs, sagt der Otto und streicht sich über den Bart. Er hat einen Bart wie eine Schaufel. So weit hat es denn noch nicht herunter geschneit, den Kopf in einen Blecheimer tauchen, dann kühlt er ab und die Geister ziehen furt, coffertori. Die Tante klemmt ihre Mary Long in den Aschenbecher mit dem Calandaschriftzug und steht auf und geht hinter das Buffet. Sie stellt dem Alexi einen Kübel hin, viva, sagt sie und nimmt ihre Mary Long vom Aschenbecher, hast dein Leben lang nur Bier getrunken und nichts anderes, und jetzt will er Wasser, willst du dich denn umbringen, sie setzt sich hin. Schnapsideen, solange ich lebe trinkt hier drin niemand Wasser, sagt der Luis, hier wird nur Gold getrunken, und jetzt trink. Um den Hals hat er einen Feldstecher und auf dem linken Ärmel seiner blauen Skijacke ist ein Steinbock. Das Radio mit der geknickten Antenne auf der Ablage rauscht.

Also grad Wasser in den Rhein tragen wir nicht, sagt die Tante und schmunzelt. Ich will nur wissen, wer dir diesen Esel aufgebunden hat, sagt der Otto, nur weil du schief geschlafen hast, musst du dich doch nicht grad zugrunde richten, denk auch mal an die anderen, und in einem halben Jahr sind wir alle eingewachsen, dass wir nicht mehr zu den Augen raus sehen. Er holt die Brissagos aus seiner Jackentasche, Jesusmaria, jetzt ist der Frisör farruct geworden, er zündet sich seine Krumme an, oh isch doch wohr. Trink jetzt, sagt der Luis, wird noch warm, oder müssen wir dir zuerst die Heilige Consolaziun vorsingen, trinkst doch sonst auch wie ein Ross. Der Alexi schiebt den Kübel von sich weg und flüstert, huara Cleppers. Er will aufstehen, der Otto packt ihn an der Schulter und drückt ihn zurück auf den Stuhl. Der Luis schiebt den Kübel zum Alexi hin.

Boschuur, sagt die Silvia, als sie in die Helvezia kommt. In der Hand hat sie ihr Zigarettenetui und die Schachtel mit den Zündhölzchen. Habt ihr eure Revolvers abgegeben, fragt sie, nicht dass es noch Tote gibt, so wie das hier drin riecht, so viele sind wir ja nicht mehr. Sie setzt sich hin und zündet sich eine Select an. Es ist still. Die Tante steht auf und geht hinter das Buffet und holt einen Caffefertic für die Silvia. Sie schüttet Zucker rein und rührt. Die Uhr an der Wand geht verkehrt. Die Tante drückt ihre Mary Long aus. Der Alexi streicht sich über die Frisur. Der Luis schaut auf den Aschenbecher in der

Mitte des Tisches und schielt zum Alexi. Der Otto kramt in seiner Jackentasche. Die Tante nimmt sich eine neue Mary Long aus dem Päckchen. Sie nimmt den Aschenbecher vom Tisch und geht damit hinter das Buffet, leert den Aschenbecher aus und putzt ihn mit der kleinen Bürste, die brennende Mary Long zwischen den Lippen. Sie stellt den Aschenbecher zurück in die Tischmitte und holt eine neue Flasche für den Otto, viva, sagt sie. Der Otto nickt. Der Hund kommt unter dem Stammtisch hervor.

Es regnet wieder, sagt die Silvia, und das mitten im Januar, wenn es wenigstens schneien würde. Der Otto setzt sich seinen Hut auf. Macht uns allen noch die Knochen weich, sagt er, und das Hirn, sagt der Luis, will nicht wissen, wie das endet. Gestern war der Ludivic hier, der Wetterstudiosi aus Patnasa, sagt die Tante, meinte, der Ochlifelsen erwache aus seinem Winterschlaf, in der Nacht höre man ihn, wie er sich strecke. Nicht genug, dass wir wegen ihm schon drei Monate lang im Schatten sitzen, sagt der Otto, jetzt will er uns auch noch erschlagen, lebendig begraben, er nimmt einen Schluck und streicht sich mit dem Handrücken über den Mund, nicht dass sich das Malöhr von anno fünfundzwanzig wiederholt. Siebenundzwanzig, sagt die Silvia, die Tante bringt ihr einen neuen Caffefertic. Fünfundzwanzig, sagt der Otto, stimmt nicht, siebenundzwanzig, sagt die Tante, fünfundzwanzig wurde das Automobil zugelassen, siebenundzwanzig war der Steinschlag, ich habe im

Schrank noch einen Artikel aus der Zeitung, gerade kürzlich erschienen zum Achtzigsten in der Gasetta Romontscha, über den Steinschlag im Nachbarsdorf, über unseren kein Wort, als wäre der nie geschehen, Ignorants, sagt der Luis, war ja am gleichen Tag wie der im Nachbarsdorf, an einem Sonntagvormittag, nur eine halbe Stunde später. Sie klemmt ihre Mary Long in den Aschenbecher, steht auf und geht zum Schrank, der neben der Türe zur Küche steht.

Schade lebt der dicke Pancraz nicht mehr, jetzt, wo wir ihn bräuchten, der wusste das alles, hat einiges an Geschichten mit sich ins Grab genommen, gell, sagt die Silvia, Pancraz steh uns bei, wenn die Heiden toben, flüstert der Otto, lies vor, sagt der Luis zur Tante und gibt ihr den Artikel zurück, ich kann nicht, habe heute kalte Augen, er nimmt einen Schluck von seinem Quintin, und bring mir dann noch einen, da ist in letzter Zeit so wenig drin. Die Tante hält den Zeitungsbericht in beiden Händen, also, hier steht's, sieben Tage hat es ununterbrochen geregnet, und dann ist der Felsen oberhalb vom Nachbarsdorf gebrochen und hat Steine gross wie Kühe aufs Dorf hinuntergeworfen, neunzehnsiebenundzwanzig, achtzehnter Oktober, begrub das ganze Dorf, nur der Kirchturm blieb stehen, nicht mal das Kirchschiff hielt stand, nur der Turm. Denn Gott hockt im Turm, sagt der Luis.

Ist nicht auch der Benedict, dein Grossvater selig, vom Ochli begraben worden, fragt die Silvia die Tante, wowohl, die ganze Familie war auf dem Weg in die Kirche, als der Grossvater umkehrte vor der Brücke, weil er seine Pfeife vergessen hatte und etwas Münz für das Sonntagsbier, sie drückt ihre Mary Long im Aschenbecher aus, und als er wieder zurückeilte und über den Rhein, die Glocken läuteten bereits zum zweiten Mal und wir waren schon in der Kirche, krachte es durchs Tal, der Ochli brach und erschlug sieben Häuser, drei Heuställe, sieben Menschen und die Brücke mit dem Benedict drauf. Auf den Benedict, sagt der Otto und hebt sein Bierglas. Der Rhein hat dann aufgeräumt, hat den ganzen Plunder weggeschafft, sagt der Luis, das weiss ich noch genau, ein Bengel war ich und noch nicht ganz so stark wie heute, weggetragen die ganze Miseria, nur noch der grosse Stein, ein Stein wie ein Haus, stand den Sonntag darauf noch da im Rhein, wo er auch heute steht, unter der neuen Brücke, alles andere furt, war alles schon nach wenigen Tagen weg. Die Tante fährt mit dem Waschlappen über den Stammtisch und bringt eine neue Flasche für den Otto und schenkt ein. Der Otto hebt den Hut und klopft die Asche ab, der Rhein, die alte Kuh, hat schon viele Traktoren gefressen.

Und was für eine Andacht das war, der alte Josefi trug eine Kutte schwarz wie die vom Teufel, sagt der Otto, er zündet sich seine Krumme nach, und in der

Kirche, die brätschvoll war bis zum letzten Bankrand und wo noch gestanden werden musste hinten, zählten die Leute die Steine an ihren Rosenkränzen und beteten, und das Geflüster im Kirchschiff glich dem Rauschen des Rheins, und dann setzte Pancraz, der dicke Glöckner, hinter der Orgel an und spielte mit seinen verkrüppelten Fingern, dass es einem derart bös für alle Ewigkeit in die Knochen fuhr.

Es regnet seit Tagen, dass wir noch den Ochli fürchten müssen, und der Alexi will Wasser trinken, sagt die Tante, was will er, fragt die Silvia, wenn es doch schon regnet, dann auch noch Wasser trinken, das ist aber was Neues, hat er sich denn verliebt. Irgend so etwas muss es sein, anders kann ich mir das auch nicht erklären, sagt die Tante, aber reden will er nicht, schau ihn an, er sagt nichts, wo er sonst doch plappert wie ein Bächlein, als sei der Boden unter seinen Füssen weggeschwemmt worden bei dem Sauwetter. So schlimm war es ja nicht mal, nachdem sich die Josefina erhängt hatte auf dem Dachboden, sagt die Silvia. Was denn reden, sagt der Luis, da gibt es nichts zu reden, ein paar hinter die Löffel, das hat noch immer genützt.

Habt ihr den Rhein gesehen, fragt der Otto, jetzt ist dann mal gut, gell, der grosse Stein ist zur Hälfte im Wasser, und regnet es so weiter, dann Grüssgott, er trinkt. Im fünfundachtzig, sagt der Luis, der grosse Stein war fast ganz unter Wasser, Gopfertammi, und hier drin sassen wir mit dem Wasser bis zu den Knien, im siebenundachtzig war das, sagt die Tante, man hätte Gold waschen können am Stammtisch, sagt der Otto, wären sicher noch ein paar Gebisse mit Goldzähnen im Sieb hängen geblieben, nachdem Gott die Hänge gewässert hatte und das Wasser über den Friedhof zog, weil die Friedhofmauer nachgab und die Hälfte der Gräber aushob und mit hinunter ins Dorf schwemmte. Ja das Vermögen, das die Filomena im Mund herumtrug, sagt der Luis, das hätte ich gut gebrauchen können dann, die Hälfte meiner Kälber ertrank im Hochwasser, dass ich das Bauern beinahe habe sein lassen müssen danach, gegen die Posaunen Gottes kommt man halt nicht an, sagt der Otto, der Luis holt den Schnupftabak aus der Hosentasche, und auf der Brücke standen die Leute und schauten wie Japaner, er zieht den Schnupftabak hoch, buah, willst du auch, der Otto streckt seinen Handrücken hin, schauen heisst nicht, dass man auch sieht, sagt der Otto, der Luis steckt die Büchse in die Hosentasche, auch meine Grossmutter hatte es mitgeschwemmt, sagt er, haben wir aber erst zu spät gemerkt. Oha, sagt der Otto und holt den Schnudderlumpen aus der Hosentasche.

Die Tante legt den Zeitungsbericht vom Steinschlag zurück in den Schrank. Die Türe zur Küche geht auf, und auf der Türschwelle steht die Grossmutter. In der Hand hat sie ihr Gütterli mit Weihwasser und im Mund hat sie eine Zigarette. Lass den Saich, sagt die

Tante und nimmt ihr die Zigarette aus dem Mund. Die Grossmutter hinkt hinüber zum Stammtisch, die Tante stützt sie dabei, wer ist denn heute gestorben, fragt die Grossmutter und bekreuzigt sich. Niemand, sagt die Tante, setz dich jetzt. Die Tante holt ihr einen Schnaps. Siehst du, sagt der Otto, bald hundert, und warum denk, er klopft auf den Stammtisch und zeigt auf den Alexi, zur Vesper einen Kirsch und du bleibst frisch wie ein Pantoffel. Kannst ja auch einen Tropfen Weihwasser reinschütten, wenn es dir denn um den Orapronobis geht, aber nur das Wasser reicht nicht, wo denkst du denn hin, wenn die Grossmutter nur Weihwasser trinken würde, sagt der Otto, ich sag's dir, dann wäre sie durchsichtig wie Glas. Die Grossmutter steckt ihr Gütterli in die Tasche ihrer Strickjacke und setzt das Schnäpsli an. Meine Urgrossmutter ist hundertdrei geworden, und den Schnaps hat sie bis zuletzt in Ehren gehalten, sagt die Silvia und bläst den Rauch aus, sie konnte nicht mehr stehen, nicht mehr gehen, nicht reden, nicht sehen, und hören konnte sie am Schluss auch nichts mehr, aber dem Schnäpsli blieb sie treu, bis zum Seligabend, und vermutlich lässt sie sich den Schnaps auch nicht im Himmel nehmen. Alt wie Brot und Milch wäre sie wohl kaum geworden sonst, sagt der Luis. Als sie hundert war, sagt die Silvia, hat der Pfarrer, der alte Josefi noch, eine Mess für sie gehalten, um Gott zu bitten und die Heilige Maria und ihre ganze Onturasch, dass sie sterben dürfe. Aber kasch tenka, grad noch drei Jahre drauf gelegt hat sie, für die Heilige Dreifaltigkeit und aus Trotz, hundertdrei, halb tot halb Stein. Ha, fragt die Grossmutter.

Der Alexi will aufstehen, nichts da, sagt der Luis, oh darf ich nicht mal mehr schiffen gehen, der Cleveri, ist halt mit allen Wassern gewaschen, sagt der Otto, so verschlagen sind wir denn auch. Wer nicht trinkt, der muss auch nicht saichen, sagt der Luis. Jetzt lass ihn, sagt die Tante, muss ja nur Wasser lassen, nicht dass er mir in die Hosen macht wie der Georg, ist auch schon Jahre tot, wer ist gestorben, fragt die Grossmutter, niemand, sagt die Tante und steckt sich eine neue Mary Long zwischen die Lippen, ich habe geträumt, sagt die Grossmutter, das Ross sei im grünen Gras am jungen Rhein gestorben, es lag da ganz müde und tot, die Tante bläst den Rauch aus, der Georg also, sagt die Tante, der sass jeweils da auf dem Bänkli, immer auf dem gleichen Platz, ganze Nachmittage sass er da und sagte nichts, und wenn er genug intus hatte, zog er den Kopf in die Schultern, und gestorben ist er auf der Toilette, sagt die Silvia und hält das brennende Zündhölzchen der Tante hin, hatten ja auch alle gestaunt, dass er plötzlich auf die Toilette wollte, wo er doch nie ging, sie zündet ihre Select an, nur dass er nicht mehr zurückkam. Dann gib noch einen Quintin, sagt der Luis zur Tante. Ist denn heute niemand gestorben, fragt die Grossmutter. Noch ist niemand gestorben heute, sagt die Tante, willst du noch einen Schnaps, ha, fragt die Grossmutter, ich bringe dir noch einen, und wir stossen auf den Heiligen Antonius an. Wo habe ich nur meine Hostien hingelegt, fragt die Grossmutter, und die Tante steht auf.

Mal sehen, ob sie denn schläft, sagt die Tante, als sie zur Gangtüre reinkommt mit einer Mary Long in der Hand und sich an den Stammtisch setzt, mindestens sich ein bisschen hinlegen tut ihr gut, treis Schnaps, und wenn das nicht hilft, dann lasse ich die Kassette mit den Kirchglocken laufen, auch wenn Sonntag erst übermorgen ist, und sie schläft ein sofort. Die Silvia nickt, die Kassette hat noch immer geholfen, auch bei uns, sagt sie, das ist ein Garant, sicherer als jede Fürbitte ist das, bei den ersten Glockenliedern hören sie noch zu, ab der siebenten schlummern sie, und spätestens das zwölfte Lied am Schluss, die Totenglocke, gibt ihnen den Rest, der Gnadenschuss, sagt der Luis, und sie schlafen wie Grabsteine. Also grad so als würde sie schlafen tönt es denn nicht, gell, sagt der Otto und zeigt mit dem Finger gegen die Decke, oder sind das die Babuns, die Ahnen, oder doch die Babuzs, die Geister. Ach, sie geht halt herum im Schlaf, sagt die Tante, was willst du machen, kannst sie ja nicht gerade anbinden. Unser Grossvater wanderte auch im Schlaf, wir mussten ihn dann doch an die Kette nehmen, sagt die Silvia, der wäre uns sonst noch zum Fenster rausgesprungen in der Nacht, was hätten wir denn machen sollen, eine Kette um den Gürtel, lang genug, dass er gerade noch bis zum Telefon kam, wo er doch so gerne telefonierte. Sie schüttet vom Schnaps nach, der auf dem Tisch steht, und zündet sich eine Select an. Ich bin denn Nächte wach gelegen mit schlechtem Gewissen, sep kann ich dir sagen, weil wir ihn angebunden hatten wie eine stierige Kuh, doch was willst du machen, kannst nichts machen, sagt die Tante, höchstens die Mutter Gottes um Vergebung bitten. Und in ein Altersheim hätten wir ihn unmöglich bringen können, was er denn dort unter all diesen alten Leuten machen solle, schimpfte er, lauter alte, die immer das Gleiche sagen würden oder gar nichts und die doch alle plemplem seien, die Silvia zieht an ihrer Select, der hätte uns noch jemanden verprügelt, wenn wir ihn ins Altersheim gesteckt hätten, und nicht mal ein Bier dürfe man dort trinken am Abend, als ob das schaden würde, das habe bis jetzt noch immer die Sorgen vertrieben, sie bläst den Rauch aus, und auf seinen Tubac verzichte er sowieso nicht, wie er denn sonst mit Gott reden wolle, wo er doch mit ihm zu reden habe, wenn er seine Pfeife rauche. Zu Hause bleibe er und zu Hause sterbe er, das war sein letzter Wunsch, sagt die Silvia, und den konnten wir ihm halt nicht ausschlagen, so dass wir ihm gesagt haben, das können wir schon machen, aber dann müssen wir dich anbinden in der Nacht, worauf er zwei Wochen kein Wort mehr sagte, dann aber einwilligte.

Die Tante nickt und hustet, einmal läutete es in der Nacht an der Türe, sagt sie, stell dir den Schrecken vor, den ich mir einfing, ich getraute mich kaum aufzumachen, man weiss halt nie, bei all den Schuften heutzutage, da merkte ich, dass die Grossmutter furt war, was blieb mir denn übrig, sie drückt ihre Mary Long aus, so machte ich halt auf, und da stand die Grossmutter vor der Haustüre mit einer Bratpfanne in der Hand und sagte, gelobt sei Jesus Christus, und machte ein Kreuz mit der Pfanne. Nur nicht den Namen sagen, sagt der Luis, auf die Seite stehen und sie machen lassen, Schlafwanderer sind wie Katzen, die finden immer zurück, spätestens nach drei Tagen sind sie wieder da. Gib mir noch einen Quintin, er hebt das leere Fläschchen.

Die Grossmutter kommt zur Türe rein, die Tante stöhnt, nicht den Namen sagen, flüstert der Luis, sie schläft. Der Luis hält den Feldstecher um seinen Hals fest. Geh wieder hoch und leg dich hin, sagt die Tante ohne sich umzudrehen. Die Grossmutter steht vor der Theke und reisst der Blume den Kopf ab, sie versucht ihn wieder drauf zu tun. Komm, sagt die Silvia, und fasst die Grossmutter am Oberarm, ich bringe dich wieder rauf. Die Grossmutter dreht sich um und steckt sich die Blume ins Haar. Stabat mater dolorosa, murmelt sie und hält sich fest am Türrahmen, mach dir keine Sorgen, sagt die Silvia, und macht ihre Hand vom Türrahmen los und führt die Grossmutter durch die Türe, die nach oben führt, und macht sie hinter sich zu.

Ai schau her, sagt der Otto, er nimmt seine Digital aus der Jackentasche seiner Fischerjacke. Halt den Vorhang auf, noch ein bisschen, sagt er zum Luis und nimmt seine Kamera hoch. Was hast du denn, fragt der Luis, fotografieren wohl, sagt der Otto, digital heisst das. Es blitzt. Vualà, sagt der Otto, er strahlt. Der Luis lässt den Vorhang los, zeig her, sagt er. Da erkennt man ja nichts, alles nur dunkel, du bist mir ja ein lustiger Fotograf, bist du sicher, dass das eine Kamera ist. Du siehst halt nichts, hast du denn nicht gesehen, sagt der Otto zum Luis, da hat jemand das Auto durchs Dorf gestossen. Die Silvia kommt zur Türe rein, wir haben schon viele das Auto vorbeistossen sehen, das sind denn nicht die ersten, recht haben sie, mal das Auto schieben, wo doch alles so schnell zu gehen hat heutzutage. Ja ohne Saft geht's nicht, sagt die Tante und zündet sich eine Mary Long an. Das ist wie früher, sagt der Otto, der seine Kamera wieder verstaut und dafür eine Krumme in den Bart steckt, in Graubünden hat man das Automobil erst 1925 zugelassen, nach zehn Volksabstimmungen. Ach Saich, sagt der Luis und nimmt einen Schluck vom neuen Quintin, den die Tante ihm gebracht hat, was Saich, sagt der Otto, sicher ist das so gewesen, und davor musste man auf der Kantonsgrenze bei Maiafeld den Motor abschalten, die Pferde vorne anspannen und sich durch den Kanton ziehen lassen.

La Maria, sagt der Otto, ja ganz alleine, fragt der Luis, na nai, sagt der Otto, ich habe doch gesagt, dass jemand das Auto gestossen hat, wie stellst du dir das denn vor. Der Gion Baretta war noch dabei, sagt er, der hat das Auto gestossen. Wer, fragt der Luis, der Gion Baretta, was hat der bei der Maria verloren, und wie will der ein Auto schieben, wo er doch nicht mal stehen kann ohne Gehstock, und plötzlich ist er geheilt. Er kratzt sich am Hals, huara heiss hier drin, sagt er und trinkt seinen Quintin aus, dann bring mir noch einen, früher waren diese Flaschen noch grösser. Die Tante steht auf und bringt ihm einen neuen Quintin, ja ohne Gehstock, fragt der Luis, bist du sicher, dass das der Gion Baretta war, das war doch jemand anders. Man staunt manchmal, sagt die Silvia und zieht an ihrer Select, was für Kräfte da wirken, wenn die richtige Frau am Steuer sitzt. Jo Gopfertelli, sagt der Luis, ja war da noch jemand anders dabei, der den Gion Baretta gestützt hat, fragt der Luis, nur die Maria und der Gion Baretta, verstehe ich nicht, der Sauchaib, das glaube ich nicht. Oscha moscha, eine nehme ich schon noch encuandopuedes, sagt der Otto, in Spanien habe wir das immer gesagt, wenn man bestellte, ich weiss noch heute nicht, was das bedeutet, aber ja nicht vergessen, das zu sagen am Schluss, sonst hätte man dich verdursten lassen. Der andere wieder, sagt der Alexi zum Otto, glaubst wohl immer noch, dass wir dir abkaufen, dass du in Spanien warst.

Jetzt aber, sagt der Luis zum Alexi, also Otto, wer war noch dabei. Der andere da war noch dabei, der vom Constantin, sagt die Silvia, die Tante schmunzelt und stellt dem Otto die neue Flasche hin mit der Etikette zu ihm. Wer vom Constantin, fragt der Luis, oh der andere denk, sagt die Silvia, der mit der Stallmütze, fragt der Luis und schenkt ein, der manchmal hier herumschnüffelt, ah den meinst du. Und wenn du um die Ecke kommst und grad etwas Grosses am Denken bist, sagt der Otto, steht er da im Dunkeln und schaut schräg wie ein Idiot, dass du erschrickst, als hätte dich jemand gerade angeschossen, und am Steuer die Maria, ui, das ist dann eine schöne Frau Hailanzac, also schon, die erinnert mich an die Friederike, die oben in Brigels beim Schlepplift arbeitete und die ich kennen lernte, als ich noch jünger war, da lief dir grad das Tränenwasser eiskalt über die Backen, wenn sie dich anschaute, er streicht mit der Hand über den Nacken. Ein Blick wie ein Gebet hatte diese Friederike, nur hörte sie auf dem linken Ohr nicht so gut wie auf dem rechten, sagt der Otto, Himmelarsch, schon nicht zu verstehen, dass Gott das zuliess, und vor allem wie ungerecht er verteilt. Er trinkt, gib mir noch eine Hülse bittesehr, sagt er zur Tante. Ich habe dir doch schon eine gebracht, sagt die Tante, ah ja, sagt der Otto, gar nicht gemerkt, aber bring mir trotzdem noch eine, eine auf Vorrat, das schadet nicht. Der Luis holt Luft, und die Silvia sagt, schon gut, genug, sonst fange ich auch noch an zu weinen.

Viva, sagt der Otto und trinkt. Er stellt sein leeres Bierglas wieder hin, also ungerecht farruct verteilt er dort oben. Wenn wir nicht schon bald die letzte Ölung bekommen würden, um so eine wie die Maria hätten wir uns gehörig geprügelt, sagt der Luis zum Otto, die Knochen gebrochen hätten wir uns jeden Freitag wieder von neuem, so eine Frau verdreht dir den Kopf um tausend Grad sofort, gell Alexi, er stösst ihn mit dem Ellenbogen an, da wird sogar der Frisör fröhlich, oder, Koffertami, sagt der Otto, elende Irgendwas wären wir geworden, ja, er nickt. Die Tante schmunzelt hinter ihrer Zigarette, bleibt beim Bier, sagt sie. Und der andere da, der Ladrone, der wohnt ja nicht mal hier, aber wen erstaunt's, dass er auftaucht immer wieder, vom Unterland hinauf kommt er, den ganzen langen Weg macht er, um der Maria den Hof zu machen, ein Hund ist das, am besten schweigen wie ein Baumstrunk, wenn er auftaucht, der klaut uns sonst die Sätze aus dem Magen, und dann landen sie in irgendeinem Buch, und da hockst du nun auf semper auf einem Stuhl, oder auf einem Baum, wenn's denn ganz blöd kommt, und musst für immer die gleichen Sätze sagen. Einer wie unser Dorfpoeticus, der Gion Bi, ist das, sagt der Otto, nur dass du das vom Gion Bi noch hast lesen können, immerhin.

Ja der Gion Bi, ein schöner Mann war das, sagt die Silvia, gestorben ist er trotzdem, sagt der Luis. Ja der Teufel, er holt auch die Schönen, gell, sagt der Otto, sind auch schon eine Hanfel Jahre her, dass er gegangen ist, oh lange genug hat er uns geplagt mit seinem Dichterwerk, sagt der Luis und trinkt. Hatte halt doppelte Frühlinge, sagt der Otto, plötzlich stand er auf der Türschwelle im Pelzmantel seiner toten Mutter, und auch die Lederhandtasche war von seiner lieben Mutter selig, sagt der Alexi, Hirschleder, sagt der Luis, schön samtig. Bis der Stammtisch nicht leer war, hörte der halt nicht auf vorzulesen, sagt die Tante und zündet eine Mary Long an. Irgendwo im Schrank muss ich noch den Nachruf aus der Gasetta Romontscha auf ihn haben, sagt sie und steht auf, lass mal sehen, sie nimmt einen Stuhl und stellt ihn vor den Schrank und steigt drauf. Auf dem Schrank ist ein Pokal vom Fussballclub. Hier, das muss es sein, sagt die Tante und steigt vom Stuhl.

Die Silvia steht auf und geht hinter das Buffet, sie macht sich einen Caffefertic, Alexi, sagt sie, warum das schwarze Herz heute, das kannst du uns nicht antun, da haben wir jahrzehntelang zusammen getrunken und es schön gehabt, alle mit ausgefallenen Frisuren, die du uns gemacht hast mit grösster Mühe und Sorgfalt, so gut du konntest, und am letzten Abend lässt du uns alleine mit dem ganzen Bier, das ist nicht wirklich nett, jetzt hilf uns doch austrinken. Der Alexi schaut etwas bedrückt. Die Silvia nimmt ein sauberes Glas von der Ablage und füllt den Kübel. Schau die schöne Krone, sagt die Silvia, und stellt den Kübel vor den Alexi hin und greift ihm am Hinterkopf in die Haare. Sie nimmt den anderen

Kübel vom Tisch und leert ihn im Abwaschbecken aus. Was tust du denn, ruft der Luis, bist du nicht mehr bei Verstand, Bier wegschütten einfach so, nur weil der Miraculix da nicht mehr trinken will. Einsperren sollte man solche, die Bier vergeuden, sagt der Luis und schüttelt den Kopf, wenn ich das gewusst hätte, all das Trinkgeld, das ich dir gegeben habe für die Rasuren, und dann wird man von hinten erschossen. Der Alexi sagt nichts. Dann bring mir noch einen neuen Quintin, wenn du schon stehst, sagt der Luis zur Silvia. Die Silvia setzt sich hin und stellt dem Luis die Flasche hin und rührt in ihrem Caffefertic. Also, hier steht es, sagt die Tante und hält den Zeitungsartikel in den Händen. Der Luis öffnet die Flasche mit den Backenzähnen und schenkt ein. Das Telefon klingelt.

Telefon, sagt der Otto, ich weiss, sagt die Tante und schaut nicht auf. Wer ist das, fragt der Otto, die Tante legt den Zeitungsartikel auf den Tisch. Die haben sich sicher verwählt, sagt die Tante. Bscht, haltet still, sagt der Luis, er hält den Zeigefinger vor den Mund, hier ist niemand. Eine Fliege surrt um die Köpfe, der Alexi schaut ihr nach. Sie landet auf dem Lampenschirm. Es hört auf zu klingeln, und die Silvia rührt wieder in ihrem Caffefertic, der Luis streicht sich mit dem Handrücken über den Mund, die Tante nimmt den Zeitungsartikel wieder in die Hand und steckt sich eine Mary Long zwischen die Lippen und zündet sie an.

Also, sagt die Tante, hier steht, Der Höhepunkt seiner schriftstellerischen Laufbahn war sein Prosatext Die Räuber von Sontg Antoni, erschienen im Calender Romontsch, und im Vorwort steht, Mit ihm kommt die Generation der besten Jahre zu Wort, 1966. Das war doch im einundsechzig, sagt der Otto, sechsundsechzig steht hier, sagt die Tante, kann nicht sein, zeig her, sagt der Otto. Die Tante gibt ihm den Artikel und die Brille und klopft ihre Mary Long am Aschenbecher ab. Der Otto setzt sich die Brille auf. Tatsächlich, sechsundsechzig steht da, ist sicher ein Druckfehler, ich hätte auf den Heiligen Christoph schwören können, dass es im einundsechzig war. Er gibt der Tante die Brille zurück. Im einundsechzig wurde die Kasse von Sontg Antoni geplündert, aber geschrieben hat er darüber erst im sechsundsechzig, sagt die Tante. Der Otto legt den Zeitungsartikel auf den Tisch. Ist da ein Foto drin, fragt die Silvia und nimmt den Zeitungsartikel in die Hand und schaut ihn sich an, da war er aber noch jung, sagt sie und schmunzelt, und wer hat ihm die Frisur gemacht, fragt der Alexi, doch darüber steht wieder mal nichts. Trink, sagt der Luis.

Die Silvia liest weiter, also, 1966 erschienen Ils laders da Sontg Antoni, wo es ihm sehr gut gelungen ist, die verschiedenen Charaktere einer Bauerngemeinschaft aufleben zu lassen. Die Gedichte, von diesen ist ein beachtlicher Teil publiziert, füllen Bände und Bände. Sein Stil und Inhalt gingen, wie der Dichter selber während seines Lebens, ein bisschen rauf und runter, aber seine Sprache konnte ziemlich fliessend sein und zum Teil sogar originell. Mit ein bisschen mehr Recherchieren und Schleifen hätte er ein Autor gewichtiger Werke werden können. Aha, sagt der Otto, in den Kopf gestiegen ist ihm die Schreiberei, hätte besser was Anständiges gemacht, wo er doch einen flotten Laden hatte, den Usego, aber anstatt zu diesem zu schauen, musste er schreiben und den Laden zugrunde gehen lassen, kann auch nur Gott verstehen, sagt er. Schreiben ist dubioser als Schädel auskochen, sagt der Luis, wo das hinführt, wissen wir ja, farruct geworden ist er ab der Dichterei, wenn er mindestens auf der Höhe seiner Kunst gestorben wäre.

Es regnet noch immer, sagt der Otto, Sauwetter, wenn es mindestens schneien würde. Ja der Gion Bi, sagt die Silvia, nur noch in Reimen redete er am Schluss, und als er auf dem Sterbebett lag, der Löwenbändiger, und der Dokter Tomaschett seine Sachen wieder eingepackt hatte und sagte, man könne nichts mehr machen, dem Dichter sei nicht mehr zu helfen, da ist der Gion Bi im Nachthemd plötzlich im Bett aufgesessen, hellwach war er auf einmal, wenn auch noch etwas bleich, und hat gerufen, man solle den Dokter Barclamiu holen, der könne ihm helfen, der helfe ihm sicher, jo kasch tenka, sagt der Luis, der lasse ihn nicht im Stich und sterben auch nicht, sagt die Silvia, und dann werde er in einem Flucs wieder auf den Beinen sein und gesund und frisch, und heiter wie ein Kirchchor, sagt der Otto. Er wollte sich nicht mehr beruhigen, sagt die Silvia und zieht an der Select, zu viert hat man ihn packen müssen, um ihn wieder zurück ins Bett zu bringen, und wie er mit den Beinen ausschlug Stärnahimmel, sagt der Alexi, schlimmer als wenn man sieben Kamele hätte zusammenstauchen müssen und in Betoneier giessen, sagt der Luis und trinkt, der konnte einem richtig leidtun, sagt die Silvia. Und der Barclamiu ist natürlich nicht aufgetaucht, wie auch, sagt der Otto, der war denk nur ein Dokter aus dem Buch vom Gion Bi. Künstlerpech, sagt der Luis. Armer Chaib, sagt die Tante und drückt ihre Mary Long aus. Sterben hat er trotzdem mögen nach drei Tagen und drei Nächten toben, den Heiligen sei Dank, auch ohne Barclamiu, sagt die Silvia, erschöpft und friedlich eingeschlafen ist er in der Morgendämmerung, heute auf den Tag genau vor siebzehn Jahren. Vor achtzehn, sagt der Otto, stimmt, vor achtzehn, sagt die Silvia, du meine Güte.

Ein anderer ist auch gestorben in Gottsnama, sagt der Otto, sind schon einige Jahre her, der Lehrer, der Cristiani, der hat auch geschrieben, auch wenn nicht so gut wie der Gion Bi, und gestorben ist er am letzten Schultag auf der Türschwelle. Ein Berg von einem Mann war das, und immer korrekt gekleidet in Schwarz und nie ohne Hut, er schenkt Bier nach, also schon ein riesiger Mensch, ein Unmensch fast schon, und wenn er jemandem die Hand gab, drückte er so fest, dass er dem anderen die Hand fast in Scherben brach. Basta, sagt der Luis, gestorben ist er trotzdem. Auch wenn nicht gerade so pompös, wie man von so einem Mann erwartet hätte, sagt der Otto, wenn man bedenkt, die Autorität, die er war. Anstatt von einem richtigen Tod ist er halt eher nur abgelegen. Er trinkt, buah, das tut gut. Der Bierschaum bleibt im Bart kleben. Er streicht sich mit dem Ärmel über den Mund. Auf jeden Fall, sagt er, man hat ihn in den Sarg gelegt und auf den Friedhof getragen und begraben, so wie es sich gehört, die Musikkapelle hat auch noch gespielt, und alles in allem ist es doch ein schönes Begräbnis gewesen. Danach, als er also begraben war, das Grab war bereits zugedeckt und die vielen Blumen und Kränze hatte man draufgelegt, dass es ein stupendes Bild hergab, da hat man gemerkt, dass man den Lehrer mit dem Lohn begraben hatte. Er hatte den Lohn in der Tschopentasche. Oh man hat denk keine andere Wahl gehabt, man hat den Lehrer wieder ausgraben müssen, um den Lohn aus der Tschopentasche zu nehmen.

Der Alexi verwirft die Hände, Saich, alles Saich, nichts als Saich, was du erzählst, einen, der so viel Saich erzählt wie du, findet man von hier bis Novogrod nicht. Aha, sagt der Otto und schaut den Luis an, der Alexi ist wie der Allmächtige, der meldet sich auch nur zu Wort, wenn es ihn wirklich braucht, wart du noch die verbleibenden paar Gebete ab, Petrus dort oben am Eingangstor auf dem Holzstuhl wird dir dann schon sagen, wem zu glauben war auf Erden, wirst noch staunen, angenommen, du fährst nach oben in die Seligkeit und wirst nicht nach unten in den Ofen gesteckt. Viva, sagt er und hebt sein Glas, in Honoris al Cristiani.

Ja früher gab es in den Dörfern noch Übermenschen, solche Kraftmenschen wie der Chasperun, ferms sco tschun, stark wie fünf, sagt die Tante. Ja ja, der war stark, sagt der Luis, fast so stark wie ich, dann gib noch einen Quintin. Wenn es mindestens schneien würde, sagt die Silvia. Da wollten wir mal die Mähmaschine, den alten Aebi vom Giachen, eine Mähmaschine gross wie ein Tschinquetschento und schwer wie drei Kühe, auf den Unimoc verladen, sagt der Otto, aber buca raschieni, unmöglich, zu viert haben wir probiert und probiert, ich sage euch, aber nicht mal mit Hilfe vom Teufel hätten wir den Sauchaib aufheben und verladen können. Da kam der Chasperun die Strasse entlang aus dem Wald. Er hatte sein grünes Hemd an, immer verschwitzt und die obersten Hemdsknöpfe offen und die Hemdsärmel hochgekrempelt, den Kopf hielt er schief, wenn er ging, und den Mund hatte er offen. Der blieb stehen und sagte, weg da, auf die Seite, das mache ich alleine, und hat den Aebi gepackt und Hauruc auf den Unimoc gehoben. Das war mehr Vieh als Mensch, sagt die Silvia.

Ein Grobian wie der Urban war das, sagt die Silvia, der Urban, der Förster aus dem Nachbarsdorf, sacrament, war der stark, einen Hals dick wie einen

Baumstamm hatte der, und was für einen Bart der hatte, sagt der Luis, da hättest du grad einpacken können, Otto. Zu mir hätte er mal kommen sollen, sagt der Alexi und lächelt, dem hätte ich den Bart gestutzt. Jo sep mein i au, sagt der Otto, der hätte dich auf einen Meter verkürzt, wenn du ihm in den Bart gelangt hättest mit deinen feinen Fingern. Du vergisst, dass man das Messer am Hals hält, wenn man jemanden rasiert, sagt der Alexi und schiebt den Kübel von sich weg. Filosofia da Coifförs, murmelt der Otto. Der Luis schiebt den Kübel zurück. Ja der Urban war fast noch stärker als der Chasperun, oder mindestens gleich stark, sagt der Otto, ich weiss noch, als der Eiertoni mit seinem VW Käfer im Schlamm am Dorfrand stecken geblieben war an einem Ostersonntag. Die Frau vom Eiertoni und ihre Schwiegereltern in weissen Hemden, mit Körben mit farbigen Eiern drin auf dem Schoss, sassen auch noch im Käfer, und die waren denk schon zu spät dran, und der Motor brüllte, die wollten nach Disentis ins Kloster an die Ostermess zur Segnung, zum Glück kam der Urban vorbei, wie vom heiligen Geist geschickt, und hob den Käfer mitsamt der ganzen Eierdynastie aus dem Schlamm. Ach Gopfertelli nochmals, was für einen Saich du wieder erzählst, sagt der Alexi.

Der hatte eine farruct hübsche Schwester, der Urban, sagt der Luis, um ihre Hand hätte gerne die ganze Dorfmannschaft angehalten, doch hätte sich jemand in ihre Nähe getraut, dann hätte der Urban Schweinepulver aus ihm gemacht. Einsam gestorben ist die gute Luisa, eingesperrt vom eigenen Bruder, das war denn eine gute Seele, diese Luisa, sagt die Silvia, hat die Träume in die Stoffe nähen müssen, und einen Sinn mehr als die meisten hatte die, hellsichtig war sie und so grosszügig wie wir alle im Tal zusammen nicht, und wenn sie dich anschaute, zog sie dich in Sekundenschnelle bis auf die Knochen aus. Sie wusste sofort Bescheid, sagt die Tante, ein Blick genügte. Zu viel gesehen hat sie, die Luisa, sagt die Silvia, und dann müsste man auch noch damit leben können, dass man zu viel sieht, es lebt sich glücklicher, wer nicht sieht, gell Luis. Die hätte auch was anderes verdient gehabt als diese ganze Trischtess, sagt die Tante und holt im Schrank hinter dem Buffet ein neues Päckchen Mary Long.

Wenn es denn aufhören würde zu regnen, der Ochli erschlägt uns wirklich noch, wenn das so weitermacht, sagt die Tante, oben in Brigels scheint sicher die Sonne, ein bisschen aus dem Schatten müsste man kommen, rauf in die Sonne fahren, sonst wird man ja noch farruct hier unten. Sie zündet sich eine Mary Long an. Die Brigelser reden mit Ausdrücken, dass es dich in die Knie runterdrückt, sagt der Otto und trinkt sein Bier aus, buah, das ist wie Gold trinken. Das Radio mit geknickter Antenne auf der Ablage rauscht. Nur zu hoffen, dass die Sonne auch wieder kommt, in gut einem Monat schon sollte es so weit sein, vor zwei Monaten hat sie das letzte Mal die

Dächer gestreift. Dieses Mal wird es nicht mehr hell, sagt der Otto und schüttelt den Kopf. Der Alexi verwirft die Hände, lass ihn nur machen, sagt die Tante. Der andere Cucalori wieder, sagt der Alexi, der hat schon vor einem Vierteljahrhundert vorausgesagt, dass die Sonne nicht wieder kommt, bis heute ist sie jedenfalls immer wieder gekommen, oder nicht vielleicht, sagt er zum Otto. Bis zu deinem Oberstübli hat sie schon seit Jahren nicht mehr mögen, sagt der Otto zum Alexi, nur dass du es noch nicht gemerkt hast. Soli, dann hört mal auf, sagt die Silvia und hustet. Wenn denn jemand auf den Deckel will, soll er es nur sagen, sagt der Luis, ich habe schon vielen die Ohren gewaschen, beinahe jeden Abend habe ich früher jemanden zusammengeschlagen. Wer oben hinaus ein bisschen schmaler ist, hat dafür Fäuste wie Steine, gell, sagt die Tante. Und wie oft bist du am Morgen aufgewacht und hast gehofft, dass die Totenglocke nicht läutet, sagt der Otto, da hast du auch recht, sagt der Luis, etliche Male habe ich hoffen müssen.

In Kübel grond, sagt der Romedi, als er in die Helvezia kommt und sich an den Stammtisch setzt. Er trägt einen beigen Kittel mit dem PTT-Zeichen auf der Brusttasche eingenäht und legt den Schlüssel vom Postauto auf den Tisch. Bist du schon fertig für heute, fragt die Tante den Romedi, gnacs, die letzte Fahrt muss ich noch machen, ein paar verlorene Seelen nach Brigels hoch fahren, damit sie nicht hier unten im Loch verenden müssen, aber sogar oben in

Brigels regnet es seit Tagen, es regnet für zwei Jahrzehnte, und der Gott im Himmel lacht sich kaputt in seinem Zorn ob den vielen nassen Oberländern, die Strasse sieht man ja kaum mehr bei so viel Wasser, als würde man durch den Rhein fahren, gut fahre ich diese Strecke schon seit ich stehen kann, ich habe das im Blut, bereits mein Vater und mein Grossvater waren tüchtige Chauffeure auf der gleichen Strecke, seit neunzehnfünfundzwanzig ist diese Strecke in Familienbesitz, ich würde diese Strecke auch rückwärts und mit verbundenen Augen fahren, sep scho sicher. Aber eine Carambolascha habe ich fast gehabt vorhin Hailanstutz, mit der Maria und diesem anderen da mit der Stallmütze, fahren wie Betrunkene die zwei, die überfahren irgendwann noch den Placi, der spaziert ja gerne die Strasse hoch bis nach Brigels, geht mitten in der Strasse und kann nicht verstehen, wenn man hupt. Ich war zuerst da, ruft er dann und hebt den Gehstock. Der ist wie du, sagt der Luis zum Otto, will auch in Gottsnama recht haben. Vualà, sagt die Tante und stellt dem Romedi einen grossen Kübel hin. Sie nimmt den Aschenbecher mit dem Calandaschriftzug vom Tisch und geht damit hinter das Buffet und öffnet die Schublade. Der Romedi setzt den leeren Kübel auf den Tisch ab, dann bring mir noch einen, sagt er, ich muss ja bald wieder los, nicht dass die Herrschaften noch hinter dem Bahnhof warten müssen. Oscha, dass ihr den Placi platt macht, müsst ihr jetzt nicht mehr befürchten, sagt die Tante, während sie mit der kleinen Bürste den Aschenbecher putzt, eine Mary Long im Mund, man hat ihn holen müssen in der Nacht, er hat weisse Elefanten gesehen. Sie stellt den Aschenbecher zurück in die Tischmitte und holt eine Grosse für den Otto, viva, sagt sie und stellt die Flasche dem Otto hin mit der Etikette zu ihm und bringt dem Romedi einen neuen Kübel. Der spült die Tabletten halt die Toilette hinunter, sagt die Silvia, wen erstaunt's.

Ja der Placi, der hat einen Kopf wie ein Archiv, sagt der Otto, quadratisch, gell, sagt der Luis und trinkt seinen Quintin aus. Der Placi, der weiss jetzt wirklich alles, sagt die Tante, und zu Hause hat er ein Zimmer gross wie ein Stall, sagt der Otto, voller Bücher, oh so viele Bücher und Zeugs, wo er doch nie über die Dorfgrenze hinausgekommen ist, sagt die Tante. Ja Dokumente hat der so viele wie Bäume im Wald, einfach alles hat der, frag mich nicht, woher er diesen ganzen Schrott hat, sagt der Otto. Aber der Placi ist halt ein Holzkopf. Den lässt der liebe Gott aus Trotz noch sterben, bevor er ein einziges Dokument herausgerückt hat, und dann kommt die Verwandtschaft in teuren Lederschuhen vom Unterland hinauf und lässt den Berg an Dokumenten und Papieren vors Haus schaffen und zündet es an, den ganzen Plunder, dass der Placi sich im Grab einen zweiten Tod holt, sagt der Otto. Im Grunde sind wir ja dem Tod nur einen Tod schuldig. Nicht zu verwundern, sagt die Silvia, dass er so viel weiss, der schläft halt nicht, der kann nicht schlafen, hüperactiv ist der, und was macht er denk, während die anderen schlafen. Die Tante bringt der Silvia einen neuen Caffefertic und stellt eine volle Schnapsflasche dazu. Dann bringe mir grad noch einen, wenn du schon stehst, sagt der Romedi.

Ich habe dem anderen da mit der Stallmütze gesagt, er soll zum Placi und sich mal die Dokumente anschauen, wo der Placi doch schon den Tod im Schrank stehen hat, vielleicht kann er ja was davon brauchen, bevor der ganze Kribiskrabis in Flammen aufgeht, wäre gescheiter, anstatt um die Häuserecken zu ziehen und den Leuten in die Pfannen zu schauen. Ja kann der auch Romanisch, fragt der Luis, der wohnt doch im Unterland. Zugehört und genickt hat er jedenfalls, als ich ihm etwas zu erzählen hatte, im Tausch um ein nobles Destillat, versteht sich, ob er denn auch verstanden hat, das weiss nur Gott, der denkt halt nur an die Maria, ob da noch was mehr an Platz ist auf dem Dachstock, wer weiss. Sicher kann der Romanisch, ist doch hier aufgewachsen, sagt der Romedi, hat mir als Bengel das Postauto verbeult mit seinem Velo, das werde ich ihm in diesem Leben nicht verzeihen, sep isch sicher, vielleicht im übernächsten. Ein Ohr habe ich dem Sauchaib fast abgerissen, als ich ihn endlich erwischte, so sternafarruct war ich. Die Tante stellt dem Romedi einen grossen Kübel hin. Ich habe ihn instruiert, was er zu tun hat, um ins Zimmer vom Placi zu gelangen, sagt der Otto, anrufen müsse man ihn, der Placi werde ihn aber bis auf die Unterhosen ausfragen, habe ich ihn gewarnt, der will denk genau wissen, mit wem er es zu tun hat, nicht dass er plötzlich einen Halunk im Haus stehen hat, der ihm die Keule ins Genick setzt. Ein Treffen muss man bei ihm ausmachen, und zwei drei gute Weinflaschen mitnehmen, aber nicht öppa irgendwelches Sumpfwasser, der Schani kennt sich aus, Veltliner, der trinkt nur Veltliner, und nur Flaschen, die in Sondrio abgefüllt worden sind, und zuerst dem Placi nur eine Flasche geben, aber von Anfang an den Placi die anderen zwei Flaschen sehen lassen, damit der auch weiss, dass da noch mehr zu holen ist, und dann im richtigen Moment die zweite Flasche nachschieben, aber die dritte erst ganz am Schluss, das ist der Trumpf, die Sbabas, das Mundwasser, laufen dem Placi zusammen, wenn er den Veltliner riecht, dann ist er nicht mehr zu bremsen. Und wenn man Glück hat, dann lässt der Placi einem in sein Zimmer, aber Dokumente lässt er niemanden mitnehmen, den Placi alles fragen, was einem in den Sinn kommt, denn wenn die Lokomotive mal Fahrt aufnimmt, dann rollt sie denn, gell. Ja mit dem Placi rechnen wir heute Abend eigentlich nicht mehr, sagt der Romedi und trinkt seinen Kübel aus, aber der Siech ist halt zäh wie altes Gemsfleisch.

Die Tante bringt dem Luis einen neuen Quintin, ti eis blaichs, sagt sie zum Luis. Als hätte er gerade die Eier vom Bischof anfassen müssen, sagt der Otto und streicht über seinen Bart. An der Beerdigung des Totengräbers von Ilanz bin ich gewesen vorgestern, sagt der Luis, der hatte am Schluss brav abgegeben, der hat aber bis zuletzt noch trinken mögen wie ein Vieh, quantitads diabolicas, nur selbstgebrannten Schnaps aber, sein Leben lang, dann wisse man auch, was man trinke. Wen wundert's, dass er so zulangte, sagt die Silvia, hätten wir sicherlich auch gemacht, stell dir mal den Gestank vor, und dann die Geister, die dir Tag und Nacht um den Kopf jagen und dich plagen. Da hast du auch recht, sagt der Luis und streicht sich mit dem Handrücken über den Mund, ich würde mich auch berauschen, wenn ich zu den Toten müsste, machst du ja bereits, wenn du nach Hause ins Bett musst, sagt der Otto. Der Feldstecher um den Hals vom Luis bewegt sich, wenn er redet. Der Totengräber von Ilanz, das wollte ich ja erzählen vorhin, sagt der Luis, der hat mal ein Grab ausgehoben und dabei mit solchem Eifer getrunken, dass er eingeschlafen ist. Am Nachmittag, als die ganze Bande gekommen ist mit dem Toten, hat der Pfarrer im Grab den Totengräber gesehen und gesagt, die Lebenden rausnehmen, bevor man die Toten reintut.

Der Gion Baretta kommt zur Türe rein. Der hat mehr Prothesen als Knochen, flüstert der Luis, Prothesen in allen Formen und Farben, die ein Geklimper machen, dass du ihn schon von weitem kommen hörst, zu verwundern, dass er noch nicht dahin ist. Der Gion Baretta hängt seinen Gehstock an das Hirschgeweih und hinkt hinüber zum Stammtisch. Im Mund hat er eine Brissago. Hat jemand wieder abgedankt, ein

Lebender weniger oder ein Toter mehr, je nachdem, wie man es anschaut, oder was hast du zu schnorren, fragt der Gion Baretta den Luis. Setz du dich ruhig hin, und zerbrich dir nicht den Schädel, er dort oben gibt dann schon Bescheid, wann zu gehen ist, sagt der Luis. Der Alexi streicht sich über die Frisur. Wäre noch zu diskutieren, sagt der Luis, warum man bei uns far star sagt, erschlagen, und zwei Dörfer weiter draussen metter vi, umlegen. Kommt ja letztendlich aufs Gleiche raus, sagt der Gion Baretta, oder nicht, und setzt sich. Metter vi ist trotzdem etwas höflicher.

Ja heute wird aussortiert, sagt die Silvia und zündet sich eine Select an und raucht sie runter. Die Tante bringt dem Luis einen Quintin und dem Romedi einen Kübel. Die Silvia hustet. Neben ihr sitzt der Isidor. Er ist als Indianer verkleidet und sagt nichts. Dann lass auch mal die anderen was sagen, redest ohne Halt und Verstand, sagt der Luis und stösst ihn mit dem Ellenbogen an, ja erst am Kreuz musst du dich denn nicht wehren wollen, reden bevor man dir die Stimme löscht. Hinter dem Isidor hängt ein Foto in schwarz-weiss von der Dorfkapelle. Schon nicht zu verstehen, ohne Helvezia, sperren zu nach hundert Jahren, und dann soll man noch wissen was anstellen den ganzen Tag, sagt der Otto, kannst wenden wie du willst, ein Stein ist ein Stein, wollen halt Geld machen, verkaufen, und wenn es ums Geld geht sind sie schlimmer als der Ner Sez, der Teufel selbst.

Wie lange machst du schon die Helvezia, fragt er die Tante. Seit über sechzig Jahren, und zu war sie nur einmal für zwei Wochen, als ich nach Gran Canaria bin. Das kann ich noch heute nicht verstehen, dass du nach Canaria musstest, sagt der Alexi, anstatt hier zu bleiben und zu jassen, grad so schön. Wir hätten früher auch in die Ferien wollen, in Chur bin ich gewesen einige Male als junger Mann, und gerne hätte ich dort unten einen Kaffee getrunken, aber nicht mal dafür hat es gereicht, sonst hätte man das letzte Stück zu Fuss gehen müssen anstatt mit der Bahn. Und heute rennen sie in die Ferien, dass sie die Schlarpen verlieren, mit dem Flugzeug wenn möglich, dass man Angst haben muss, dass diese Vögel noch vom Himmel krachen. Und dann kommen sie und jagen fort, sagt der Otto, und machen die Baracke zu und barrikadieren tutti quanti, er lächelt, hebt Hut und Bier und sagt, zum Wohl. Der Luis schüttelt den Kopf, finden nicht den genug grossen Schuh, um in den Hintern zu treten. Es ist schon halb acht, sagt der Romedi und steht auf, sep isch au interessant, lu stei cun Diu, dann Gott mit euch.

Der Bruchpilot aus Brigels, sagt der Otto, so viel, wie dieser den Kanton gekostet hat in den letzten vier Dutzend Jahren, hat wohl niemand anders den Kanton gekostet, du kannst nicht an zwei Händen abzählen, wie viele Postautos der zusammengelegt hat. Ich weiss noch als Bürschtli, sagt der Luis, wie wir zitterten, wenn wir mit dem Romedi senior selig oder mit seinem Grossvater im Postauto mitfahren mussten, ohne Weihwasser stieg denn niemand ein, teures Blut geschwitzt haben wir, aber der Romedi ist seinen Vorfahren nochmals um Längen voraus, der ist ohne Diskussion das grösste Talent. Bis heute standen ihm aber alle Ahnen bei, einmal ein paar Kratzer hier, eine Beule im Blecheimer dort, und nicht mal Passagiere, die gestorben sind, aber da gab es ja auch nicht viel zu sterben, meistens hat er ja keine Fahrgäste, höchstens ahnungslose Leute aus dem Unterland, und dann tut er immer so, als müsste er die Hälfte der Fahrgäste stehen lassen aus lauter Andrang. Ihn selber hat es noch nicht erwischt, sein Vater, der Romedi senior selig, der hat mindestens einen richtigen Chauffeurtod gehabt, im einundsiebzig an Auffahrt ist er über die grosse Kurve gefahren. Sein schönes gelbes Postauto war auf die Grösse eines Kühlschranks zusammengestaucht und lag hier unten am Rheinufer. Dafür starb sein Grossvater, der allererste Postautochauffeur in der Gemeinde, ganz pragmatisch, sagt die Silvia und zündet sich eine Select an, er stürzte im Keller die Steintreppe hinunter und brach sich das Genick.

Die Tante stellt dem Gion Baretta einen Kübel hin. Der Gion Baretta nimmt aus der Tschopentasche seinen Flachmann und schüttet einen Schluck ins Bier. Er zittert. Es geht auf und ab, gell, sagt der Luis zum Gion Baretta, einen Tag fällt einem das Gehen schwerer, und an anderen Tagen vergisst man, dass man eigentlich einen Gehstock braucht. Der Gion Baretta schaut nicht auf und zündet sich eine Brissago an und trinkt. Bring ihm doch das Hörrohr, sagt der Luis zur Tante. Die Tante steht auf und geht zum Schrank und nimmt vom untersten Tablar das Hörrohr heraus und legt es vor dem Gion Baretta auf den Stammtisch. Der Gion Baretta nimmt das Hörrohr und hält es ans Ohr. Der Luis sagt, gehen macht durstig, gell. Nein nein, sagt der Gion Baretta, das war keine grosse Sache, nichts Dramatisches, auf der Brücke sind die stecken geblieben, die Maria und der andere da mit der Stallmütze, kein Benzin mehr. Man hilft halt, wo man kann, man ist ja kein Unmensch, so habe ich der Maria durchs Fenster meinen Gehstock gereicht und habe mich hinten aufgestellt und habe geholfen, das Auto durchs Dorf zu stossen bis raus zur Veronica, ging alles ganz flott. Die Veronica mit ihren roten Haaren stand vor der Tankstelle mit den Händen in die Hüfte gestützt und lächelte, in der Not sieht man sich wieder, hat sie gesagt und uns so empfangen, wie man eigentlich einen Rückkehrer nach Jahrzehnten im Ausland empfängt, also das muss ich euch sagen, das ist denn guter Servis bei der Veronica, wer tankt, kriegt immer auch einen Caffeschnaps.

Im Herbst, als ich auf der Jagd war, sagt der Otto, Himmelarsch war das schöne Wetter an diesem Tag, da habe ich diese beiden mal erwischt, ich sass im Baum auf dem Posten und habe gedacht, schau her, dort in der Lichtung, ist das jetzt ein Bär oder ein dicker Hirsch, der sich kratzt, oder was, und war schon am Studieren, ob ich die Pfeffersosse dieses Mal mit etwas mehr Rotwein machen soll vielleicht, damit sie schön schmackhaft werde, da habe ich mir gesagt, ach Otto, wirf trotzdem gschwind noch einen Blick durchs Rohr, bevor du schiesst, nicht dass du einen erledigst, der nicht erlaubt ist, und du dem Wildhüter wieder das alte Geweih zeigen und bangen musst, dass er dir deine Fabeln nicht abkauft, obwohl, der Wildhüter ist ja nicht mehr ganz frisch zwischen den Ohren. Er zündet sich eine neue Krumme an. Fast erschossen hätte ich diese zwei, lagen da ganz nackt im hohen Gras. Wären denn nicht die ersten, die auf der Jagd erschossen worden wären.

Die haben auch noch Humor, sagt der Luis, wenn wir uns söttigs erlaubt hätten früher, Trickitracki mitten in den Wiesen, vor offenem Himmel, dass der liebe Gott sich schämen muss, uns hätte man auf dem Dorfplatz erhängt, in die Ställe mussten wir, und wenn gerade keine Heublachen herumlagen, gab es halt nichts anderes als auf dem blutten Heu sich ein bisschen zu halten, das stach dann schön, dass es einem nur die halbe Freude bereitete. Oh dann bring mir noch einen Quintin. Ich bin viel in den Heuställen gewesen, das kann ich euch sagen, da müsst ihr denn einen zweiten finden zuerst, der auf so vielen Heustöcken gelegen ist, er nickt. Du bist halt ein Canun, sagt die Silvia, eine Ehrenmedaille hättest du verdient ab den vielen Mägden, die du geknechtet hast. Ach das bringt nichts, sagt der Otto, nichts als Anstrengung und Scherben, wenn es nicht die richtige ist, dann Gutnacht, ich sage euch, ich war nur mit einer einzigen Frau auf den Heustöcken, mit der Friederike, und mit keiner anderen war ich je wieder in einem Stall, ausser noch mit einer oder zwei, heiraten wollte ich sie und dann lag sie plötzlich im Herbst auf ihrem Bett und ist einfach gestorben, ein Spiegelei war ihr letzter Wunsch. Und ich hatte vor Schmerz ein Loch im Bauch, dass man hätte durchschauen können.

Hinter dem Stammtisch hängt Jesus am Kreuz. Seine rechte Hand ist abgebrochen. Jetzt sag du auch mal was, damit wir endlich anfangen können zu trinken, du bist doch die Wirtin hier, sagt der Luis zur Tante, der soll mal trinken, huara Carnaval, dass du jemanden in deiner Beiz tolerierst, der nicht trinkt, du kannst das den anderen Gästen doch schlecht zumuten, der macht mich ganz nervös, wenn er nicht trinkt. Er holt aus der Jackentasche die Schachtel mit den Rösslistumpen, nimmt einen Stumpen aus der Schachtel und kramt die Streichhölzer aus der Hosentasche und zündet sich den Stumpen an, mp, mp. Lass ihn nur in Frieden ruhen, sagt die Tante, er braucht noch ein bisschen Zeit, er trinkt dann schon, auch bei ihm schaut der Durst früher oder später vorbei. Ja, wenn wir denn alle längstens tot sind vielleicht, das ist halt ein Zugezogener aus dem Nachbarsdorf, so ein Sonnenmensch aus Brigels, und dort können die Leute halt nur richtig feiern, wenn jemand gestorben ist, alles Canaglia, sagt er. Nur das Zögern ist human, sagt die Silvia. Was, fragt der Otto. Schon gut, gell, sagt der Alexi, und ihr hier unten im Loch denkt immer noch, dass die Welt eine Scheibe sei, und ihr, sagt der Luis, ihr lasst die Toten zu lange herumliegen, mp mp, und ihr habt ein besonderes Talent, wenn es darum geht, auf Bäume zu klettern, man staunt, sagt der Alexi, und ihr fängt um zehn Uhr an zu arbeiten und seid um zwölf schon kaputt, mp mp, das ist wahr, gibt der Otto dazwischen, und ihr werft den Abfall raus auf den Misthaufen, sagt der Alexi, und ihr könnt nur Romanisch und nicht mal das richtig, sagt der Luis. Ohjägeri, sagt die Silvia, dann lasst uns anstossen, sie hebt ihren Caffefertic, auf uns.

So, wenn niemand sonst will, so mache ich den Anfang, einer muss die Zügel in die Hand nehmen, also grad Kamele sind wir ja nicht, sagt der Otto und steht auf und humpelt zur Türe, die in den Gang hinaus führt auf die Toilette. Und mach die Türe gut zu, ruft der Luis, damit du nicht hörst, was wir über dich reden, und lass dir Zeit, chi va piano, va sano e lontano, und nicht vergessen zu spülen, gell. Der Otto macht die Türe hinter sich zu. Er vergisst halt, lass nur, sonst spüle ich dann von hier aus, sagt die Tante und zeigt auf die Leine hinter dem Buffet. Sie zündet sich eine Mary Long an. Er geht halt mit jedem Tag miserabler, sagt die Silvia, seit er sich hinter dem

Haus in den Fuss geschossen hat, darfst du ihm nicht mehr zuschauen, wie er geht. Der Arme ist halt nie über die Friederike hinweggekommen. Die Tante nickt, aber was redet der Otto denn von der Jagd, ja geht er immer noch auf die Jagd, fragt die Tante, er darf doch nicht mehr, er hat doch gewildert, und man hat ihn erwischt dabei. Ihn halt machen lassen, sagt die Silvia und bläst den Rauch aus. Die Flinte hat er abgeben müssen, er hat sich vom Giachen eine andere geborgt. Aber mit seinem Rennvelo lässt man ihn nicht mehr fahren, zu riskant.

Halt lieber machen lassen, sagt die Silvia, dem alten Berther selig hatte man auch, über neunzig war der dann schon, die Jagd verbieten wollen, zu gefährlich, ach Saich, sagt der Luis, wo er doch sein Leben lang nichts anderes gemacht hat, sagt die Tante und raucht, und sonst nichts konnte, ein rechter Apotheker war das, sagt der Luis, und ein miserabler Trinker obendrauf. Da hat der Dokter Tomaschett gemeint, sagt die Silvia, es sei denn langsam aber sicher ausgeschossen, und er solle doch fischen gehen anstatt und die anderen jagen lassen, oder jassen, sagt der Alexi und lächelt. Der Luis trinkt. So hat der alte Berther selig halt aufgehört mit der Jagd, sagt die Tante, der Spinner, sagt der Luis, hätte ich mir auch noch verbieten lassen, gell, und ist wie immer in aller Herrgottsfrühe aus dem Haus, sagt die Tante und zündet sich eine neue Mary Long an, einfach mit der Fischerrute anstatt mit der Flinte, und was dann passiert ist wissen wir, gell, sagt der Luis, ertrunken ist er, und das am ersten Fischtag, grad selber schuld, wenn er sich schon die Innereien rausnehmen lässt, nichts lasse ich mir vorschreiben, sagt der Luis, dann bring mir noch einen Quintin, Vorschriften, sep mein i au, bist dein eigener König, sagt der Luis, und dein eigenes Kamel, sagt die Silvia vor sich hin und zündet sich eine Select an.

Ja das war denn ein guter Rennfahrer, der Otto, sagt der Gion Baretta und hält das Hörrohr ans Ohr, der wäre ein Professiunal geworden, wenn er nicht aufgehört hätte, jetzt fängt der andere auch noch an mit so Saich, sagt der Alexi und verwirft die Hände, fast so gut wie der Kübler war der, sagt der Gion Baretta, die Alp d'Hüèz ist er gefahren, der Sprengmeister, aber Rennen fahren, wenn zu holzen wäre, das verträgt sich nicht, sonst erfriert man noch im Winter, sagt er und setzt sein Hörrohr auf den Tisch ab, dann bring mir noch einen Kübel. Du musst das Hörrohr ans Ohr halten, wenn du nicht redest, sagt der Luis, nicht wenn du redest. Ha, fragt der Gion Baretta. Die Tante steht auf und geht hinter das Buffet. Und einfach aufgehört mit dem Rennsport hat er, sagt die Tante, wo er doch so ein Talent war. Halt das neue Reglement, sagt die Silvia, der Bart zu gross, und der Otto ohne Bart, das geht nicht, der ist mit Bart geboren und stirbt auch mit Bart, sagt der Luis. Könnt ihr euch vorstellen, wie der Otto ohne Bart aussehen würde, fragt er. Das ist eine rhetorische Frage, sagt die Silvia und zündet sich eine neue Select an. Wie er aussehen würde ohne Bart, das werden wir nie wissen, das ist eine ewige Frage.

Der Otto steht auf der Türschwelle der Helvezia mit einer Türklinke in der Hand. Warum kommst du dort rein und nicht aus dem Gang, und was hast du denn da, fragt die Tante, was, fragt der Otto, na das, was ist das, fragt die Tante und zeigt auf die Türklinke, die der Otto in der Hand hält, ah das, sagt der Otto und macht die Türe der Helvezia hinter sich zu, das ist eine Türklinke, und wo hast du diese her, fragt die Tante, welche, fragt der Otto, na diese, sagt sie, ah diese, das ist die Türklinke von der Toilettentüre, sagt er und steckt sie in die Hosentasche. Die Türklinke der Toilettentüre, sagt die Tante, ja, sagt der Otto. Und warum hast du die dabei, fragt sie, er hebt die Schulter, einfach so, was einfach so, sagt sie, einfach so, sagt er, einfach so, sagt sie, ja, einfach so, sagt er, ist mir abgebrochen. Jetzt aber, sagt der Luis und schlägt mit der Faust auf den Tisch, und wie sollen wir jetzt auf die Toilette, du huara Grobian, machst alles kaputt. Das ist denk die Klinke von drinnen, ihr kommt schon noch rein, keine Sorge, ihr müsst einfach die Türe offen lassen, oder dann zum Fenster raussteigen wie ich und zum Eingang reinkommen wieder. Er kommt zum Stammtisch rüber, buah wie das schifft. Ja was schaut ihr denn so, habe ich denn jemanden umgebracht. Er setzt sich an den Stammtisch und trinkt sein Bier aus. Was ist denn, fragt er, ich war drinnen und habe die Türe zugeschlossen, damit auch niemand einem in den Rücken fällt, und habe probiert, ob die Türe denn auch verschlossen ist, und da ist sie mir, kracks, abgebrochen, vualà, und jetzt bin ich wieder hier Gottseidank, seid doch froh.

Ja dem Gott im Himmel sei Dank bist du zurück, da sind wir aber froh, sagt der Gion Baretta und hält das Hörrohr ans Ohr, wir dachten schon, du kommst gar nicht mehr zurück, so wie mein Grossvater, der ist auch gegangen, ausgewandert ist er nach Amerika, unter der Treppe hat er wohnen müssen dort drüben, was hätte er machen sollen, wo er doch kein Geld hatte, das arme Kalb. Und Briefe hat er nach Hause geschickt, und die Urgrossmutter hat sie abgefangen und verbrannt, damit niemand sonst auf die Idee komme, ihm nachzureisen. Und zurückgekehrt ist er nach sechsunddreissigeinhalb Jahren. Was er wohl die ganze Zeit dort gemacht hat, sechsunddreissigeinhalb Jahre ist lang, sagt der Otto. Dort hört man denn keine Glocken, sagt der Luis. Und nach einem halben Jahr im Dorf hat er wieder seine sieben Sachen gepackt und ist, adios, für immer verschwunden, sagt der Gion Baretta. Er setzt sein Hörrohr auf den Tisch ab und schaut in seinen Kübel, der ist leer. Ich bringe dir noch einen, sagt die Tante. Sicher dass man dort Glocken hört, sagt der Alexi, meinst du, dass die keine Kühe haben, Kirchglocken meine ich denk, sagt der Luis, wo denkst du denn hin. Dort drüben hat es denn Kühe, richtige Bomber sind das, so was habt ihr noch nie gesehen, sagt der Otto, diese Kühe würdest du nicht zu unseren Ställen reinbringen, auch nicht mit Gewalt, und Euter haben die wie Dudelsäcke. Du mit deinen vier Kühen, und denkst, was für ein Grossgrundbesitzer du warst, sagt er zum Luis, dort drüben hat ein Bauer tausend Kühe, wenn nicht mehr, und wenn eine hinkt, wie deine Mary, dann wird sie liegen gelassen am Strassenrand, anstatt zu salben und schrauben und werken und streicheln, da wird kurza Prozess gemacht, verrecken lassen die die und einmal in der Woche fährt der Lastwagen vorbei und sammelt die Kadaver ein, furt damit.

Fehlt nur noch, dass man das auch mit uns Menschen macht, wer nur frisst und scheisst und vögelt und nicht spult und Saft abwirft, verschwindet aus dem Stall, sagt der Luis, so weit kommt's denn noch, oh isch doch wohr. Ja die Mary hatte ich gern, eine Kuh mit dem Charakter einer Katze war das, hat mir schier das Herz verrissen, als ich sie zum Schlachthof bringen musste, und wie sie mich anschaute, als ich sie in den Schlachthof führte, das vergisst du nie mehr, sie wusste genau, und sie hat sich nicht gewehrt, mit erhobenem Haupt über den Platz gelaufen ist sie. Wenn es mindestens aufhören würde zu regnen, schwemmt uns noch die Häuser weg, sagt der Gion Baretta und grübelt mit dem Finger im Ohr. Er trinkt sein Bier aus und hebt sein leeres Glas. Die Tante bringt ihm einen neuen Kübel. Tausend Kühe Kopfertammi, sagt der Otto und schüttelt den Kopf, in Laufmetern gemessen, sagt die Silvia, jede Kuh lässt sich denn nicht melken. Il Mericaner, der Francestg, mein Grossonkel übrigens, sagt der Luis, der ist auch nach Amerika ausgewandert, ich war noch ein Knirps und habe ihm zugeschaut, wie er sein Bündel packte und die Flinte draufband, wegen der Elche dort drüben, damit er denn auch was zu fressen habe, und wegen denen hier wie der, sagt er und zeigt auf den Isidor. Er trinkt seinen Quintin aus und nimmt die Rössli zwischen die Zähne. Seine Verlobte, die Catrina, wie sie heulte, wie ein Wolf heulte sie, drei Tage und drei Nächte hat sie Kirchlieder gesungen, während ihr die Tränen über die Wangen liefen, den ganzen Magen hat sie sich ausheulen müssen die Arme, so viel Tränen hat man doch gar nicht, sagt der Alexi, und am Tag der Abreise ist sie mit ihrem Rockzipfel über die Augen gefahren, sagt der Luis, ist vor den Francestg hingestanden mit geradem Rücken und hat gesagt, lu va toch a Chicago, dann geh doch nach Chicago, und ist aus der Stube verschwunden. Der Francestg hat sie vor seiner Abreise nicht mehr gesehen. Die Tante stellt dem Luis einen neuen Quintin hin. Er leert ihn, buah, dann bring mir noch einen. In den ersten Jahren hat er in der Nähe von Chicago in einer Sägerei gekrüppelt, sagt der Luis, und hat etwas an Geld nach Hause geschickt, damit die Catrina ihm denn auch nachreisen könne. Zwei Schaltjahre vergingen, bis er das Münz zusammen hatte für seine Catrina. Und am grossen Tag, als der Francestg am

Bahnhof stand, um die schöne Catrina abzuholen, mit Zylinder und Schackett und weissem Hemd und Sackuhr mit Kette und allem Climpim stand er da, der Herr, ein Mericaner wie aus dem Buch, damit die Catrina auch sehe, was für ein Mann von Welt aus ihm geworden sei, da kam anstatt von der Catrina der Gustav, ihr Bruder.

Die Grossmutter ist ja auch in Amerika gewesen, gell, sagt der Gion Baretta, wo ist sie denn, fragt er und legt das Hörrohr auf den Tisch. Sie schläft, sagt die Tante und bringt dem Gion Baretta einen neuen Kübel. Er holt seinen Flachmann aus der Tschopentasche und schüttet einen Schluck ins Bier. Er zittert. Oh schon nicht lange, sagt die Tante, nur vier Wochen war sie in Amerika, und als sie zurückkam, sagte sie, es sei ihr vorgekommen wie dreizehn Jahre, zum Glück hätte sie die Jasskarten dabeigehabt und den Grossvater selig, der wollte ja als junger Mann hundsverräcka nach Amerika, frag mich nicht warum, und als die beiden über achtzig waren, sind sie für vier Wochen nach Minisota, um den Francestg, der nur Tage später in die Säge fiel, und den Gustav zu besuchen. Einen neuen Rollstuhl haben sie dem Gustav gebracht. Sie zündet sich eine Mary Long an. Und am Flughafen in Züri wurde die Grossmutter so farruct, weil der Grossvater stecken blieb in der Kontrolle, es wollte nicht aufhören zu pfeifen, bis der Grossvater am Schluss doch das Zigarettenetui und das Feuerzeug aus der Hosentasche nahm, wo er doch nicht rauchte, wie die Grossmutter glaubte. Bis Minisota hat sie kein Wort mit ihm geredet.

In ein Flugzeug soll mich denn nie mehr jemand versuchen zu stopfen, sagt der Luis, sitzt da drin wie in einem Bleistift, und wenn du eine Rössli anzündest aus lauter Langeweile, beschimpfen sie dich auf Engles, dass du ihnen die Nasen brechen musst. Nach einer halben Stunde waren wir wieder zurück in Züri, sagt der Luis, Schweinehunde alle zusammen, wo ich doch nach Sapporo hätte reisen sollen, um Olümpiameister im Bobfahren zu werden. Er trinkt seinen Quintin aus. Ja im zweiundsiebzig waren wir in Form, gell Gion Baretta, er stösst ihn mit dem Ellenbogen an, der Dicke hier mit dem Rohr sass hinten drauf, ui, stellt euch vor, wie das ging mit seinem Gewicht, und ich am Steuer, wie Bestias sind wir gefahren. Haben aber aufhören müssen, sauteuer der Plausch. Der Gion Baretta hält das Hörrohr ans Ohr, aber heute kannst du ja nicht mehr fahren bei dem Sauwetter, sagt er, Petrus hat sich niedergeschossen, der Spinner, bring mal einen richtigen Eiskanal zustande bei diesen Temperaturen, ist hier ja afängs wie in Santo Domingo, wo es doch zu schneien hätte.

So müssen wir mindestens nicht die Lawinen fürchten, wo kein Schnee liegt, begräbt uns auch keine Lawine, sagt die Tante, aber dafür bricht uns noch der Ochli das Genick, wenn das so weiter tut, sagt der Otto. Hänge braun wie Kuhscheisse, dass ich so was noch miterleben muss, wo wir doch dachten, dass wir unser Pensum denn abgespult hätten, sagt der Luis. Jau, waren das Winter früher, sagt der Otto, Schneemauern hoch wie die Häuser von Parigi, gell Luigi, und jedes halbe Dutzend Jahre musste ein Dorf daran glauben, gefressen wurde es von der weissen Pracht. Ich weiss noch die Gieris oben im Hang, sagt der Otto, eine Handvoll Brüder waren das, allesamt mit grossen Löffeln, ja, Schnorris alle zusammen und Schlägermeisters, sagt der Luis, denen musste man jeden Frühling die Zähne neu anordnen, damit sie auch nicht vergassen, wo Gott hockt. Da ist ja nichts mehr drin, sagt er und hebt sein Fläschchen, nicht dass du mir ein leeres gebracht hast vielleicht, sagt er zur Tante, dann füll es mir doch gleich auf per favore. Denen war das Haus abgebrannt bis auf die Grundmauern, den Gieris, sagt der Otto, im Sommer neunundsiebzig, weil der Herrgott es halt so wollte, und so ausgekocht wie die waren, haben sie das Haus zehn Meter weiter rechts wieder aufgebaut, damit, falls der weisse Tod komme, sie davonkommen würden. Grad noch rechtzeitig vor dem ersten Schnee stand die Baracke, und beim zweiten Schnee ist die Lawine gekommen und hat das schöne neue Haus der Gieris mit der Inschrift über der Türe platt gemacht, platter geht's nicht. Das ganze Dorf hat Gott stehen lassen, nur ein paar Scheiben zerschlagen hat er aus Ermahnung, dass man ihn ja weiterhin um seine Güte anflehe. Geschieht denen recht, sagt der Luis, wer einzieht vor der Segnung ist selber schuld, zuerst schiessen und dann zielen, gell, das Haus war sowieso schief gebaut, stand so schräg wie die Zähne der Gieris. Um Mitternacht ist die Lawine gekommen, und die Gieris, alle furt, sagt der Otto, viel von ihrem Glück werden sie wenigstens nicht gemerkt haben. Dass der Giachen noch nicht aufgetaucht ist, wo er doch immer der erste ist und der lauteste, sagt der Gion Baretta und legt sein Hörrohr wieder auf den Tisch. Der kann nicht kommen, sagt der Otto, dem ist die Haustüre geklaut worden. Die Tante steckt sich eine Mary Long an. Oh der Giachen, ein eitler Coga ist das geworden, sagt der Luis, in der Sänfte müssten wir ihn herumtragen, wenn es nach ihm ginge.

Ich würde mich auch noch in ein Flugzeug stecken lassen du Banane, sagt der Otto zum Luis, sez la cuolpa, selber schuld, da gehe ich lieber zu Fuss. Wer zu Fuss geht, hat nur einen Fuss auf dem Boden, sagt die Tante und zieht an ihrer Mary Long. Oder mit dem Ballon sonst, sagt der Otto. Er trinkt sein Bier aus, buah, also so gutes Bier wie bei dir gibt es sonst nirgends, sep scho sicher, auf der ganzen Welt nicht, und ich habe denn viele fremde Biere trinken müssen, waren verdammt bittere darunter. Der andere Plagöri wieder, höchstens das Bier der anderen hast du gesoffen, du Räuber, sagt der Alexi und streicht sich über die Frisur, oh schau doch, wie er hinter seiner Schaufel lacht, sagt er zur Tante, er macht es extra, das macht er nur, um mir den Mund auszutrocknen, extra macht er es, alles extra. Oh kannst schon staunen, mit dem Ballon geflogen sind wir, und denn was für ein Ballon, gross wie die Kuppel vom Dom in Rom war der, die Friederike und ich im Ballon, nur wir zwei, über Osteuropa sind wir geflogen, sie im schönen rosa Rock und ich mit Lederhelm und Pilotenbrille, von Chur aus bis ins Russisch, das war denn schön, das sage ich euch, wie du auf die Menschen runterschaust und dabei ein Stück Wurst und Brot isst, das wir im Korb mitgenommen hatten von zu Hause, und die viele Geografie dort unten, und wie der Wind der Friederike durchs Haar zog, und ich am Feuerapparat. Er zieht an seiner Krummen. Und dann an der frischen Luft den ganzen Tag, das ist ein Segen für den Espri, ganze Tage draussen und so nahe am Himmel. Er bläst den Rauch aus. Der Alexi verwirft die Hände und schüttelt den Kopf, der andere wieder, der Luftibus, der hat eine Fantasie aus Metall, lass ihn nur machen, sagt die Tante. Gut warst du draussen mit deinem Ballon, sagt die Silvia, sonst wüssten wir hier nicht, dass draussen überhaupt noch etwas ist, sie schüttet Schnaps in ihren Caffefertic und trinkt ihn aus. Ich würde dann noch einen nehmen, sagt sie, ich auch, sagt der Luis, ich auch, sagt der Otto. Wir wären doch gar nicht darauf gekommen, wie denn auch, wo wir doch hier drinnen in der Pfanne hocken, wir dächten sonst immer noch, dass hinter den Bergen gar nichts mehr sei. Die Tante bringt ihr einen neuen Caffefertic und dem Luis einen Quintin und dem Otto eine grosse Flasche. Sie fährt mit dem Waschlumpen über den Stammtisch. Der

Waschlumpen ist rosarot. Als ob das Postautofahren in London anders sei als hier, sagt die Silvia, das Prinzip ist immer das gleiche, rechts links Hupe Gas Bremse. Gut bist du uns nicht verloren gegangen im Russisch, sagt der Luis.

Der Gion Bi, der Dichter, der fuhr auch Velo, mit dem Pelzmantel seiner Mutter selig fuhr er, sagt der Gion Baretta und hält das Hörrohr ans Ohr, ein silbriges Damenvelo hatte der, aber keine Klingel dran, dafür schoss er mit der Pistole in die Luft, wenn jemand im Weg stand. Er legt das Hörrohr auf den Tisch und holt aus der Innentasche seines Tschopen den Schnupftabak. Der Otto nimmt seinen Hut ab und legt ihn auf den Tisch. Er trinkt sein Bier aus und macht ein Zeichen zur Tante. Du kannst deinen Hut schon loslassen, sagt der Alexi, keine Angst, der kommt dir schon nicht weg. Die Tante schenkt ein und stellt dem Otto die Flasche hin und das volle Glas. Viva, er trinkt. Der ist original aus Mississippi, sagt der Otto und legt seine Hand auf den Hut, dort gekauft, geklaut, sagt der Luis, als ich dort drüben war, sagt der Otto, nachdem die Friederike gestorben war einfach so, buah, ging es mir hundsmiserabel Kopfertami. Da hat mir jemand gesagt in der Bar, als ich versumpfte, warum setzt du dir keinen Hut auf. Die Tante zündet sich eine neue Mary Long an, einer wie der Tranquillo aus Sizilia bist du, der hier einige Jahre auf dem Bau arbeitete und draussen neben der Sägerei wohnte, sagt sie, der nahm den Hut nie ab, ein riesiger Hut für so einen kleinen Mann, tief in der Stirn trug er ihn. Der war ihm doch viel zu gross, sagt der Luis. Als ich mal im Spital zu Besuch war, sagt die Tante, die Frau Muoth lag auf der Intensiv, und ich vor dem Lift wartete, und die Türe aufging, und die Krankenschwester jemanden im Rollstuhl an mir vorbeischob, der mich grüsste, dachte ich, wer um Gottes Willen grüsst mich denn hier in der Stadt, sie drückt ihre Mary Long aus, ich habe schon auch gegrüsst, so sind wir ja nicht, und später habe ich dann erst gemerkt, dass das ja der Tranquillo war, ich hatte ihn doch nicht erkannt ohne Hut. Oh wie denn auch, sagt der Alexi und hebt die Hände, wo man ihn doch nie ohne Hut gesehen hat. Tags darauf hat er ihn dann abgegeben.

Die Maria, die schöne, die arbeitet doch in Ilanz im Spital, sagt die Silvia. Nicht mehr lange, sagt die Tante, sie zieht weg, ins Ausland, nach Madrid zieht es sie, so wird erzählt jedenfalls. Als ob man in Italien nicht auch nur mit Wasser kocht, sagt der Luis. Eine Frau, wenn sie geht, dann geht sie, sagt die Silvia, nichts zu machen, gehen lassen. Sie drückt ihre Select aus. Oh dann Orapronobis, sagt der Otto, dann wird der andere da, der Suworow mit der Stallmütze, einen durchmachen, sep kann ich euch sagen, wüst verrupfen wird es ihn, wenn er nicht mehr mit seiner Maria sein kann, wo er doch an sonst nichts anderes denkt als an sie, der arme Steinpilz, aber versteht man halt schon, eine Frau wie die Maria, so einer begegnest du nur einmal im Leben, und auch nur, wenn du Glück hast, er setzt sich seinen Hut auf, und seine Gedichte will ich danach dann nicht lesen müssen, Zeilen schwer wie Blei vermutlich, dass dir das Gemüt schwarz wird beim Lesen sofort. Hinter jedem guten Gedicht steckt eine Frau, sagt der Alexi. Der Frisör hat wieder Gedanken wie Brecheisen, sagt der Luis und schmunzelt, was weisst du denn schon vom Dichten, er trinkt seinen Quintin aus, der schreibt sowieso alles irgendwo ab, den ganzen Saich, willst doch nicht behaupten, dass denen das alles in den Sinn kommt einfach so, schau dir doch den Gion Bi an, hat der vielleicht seine Räuber von Sontg Antoni erfunden, ha, dem Leben abgeschrieben hat der es, jawohl. Der Alexi schiebt seinen Kübel langsam etwas zurück und schaut aus dem Augenwinkel den Luis an. Nur zu hoffen, dass dem anderen da mit der Stallmütze nicht noch der Verstand abgeht vor lauter Schwermut, sagt der Otto, wenn die Maria weg ist, nicht dass er uns noch so endet wie sein Onkel. Er trinkt sein Bier in einem Zug aus, ahh, das treue Zeug hier, das stirbt uns nicht weg wenigstens, sagt er und schaut sein leeres Bierglas an, er füllt nach. Sein Onkel, der lief mit einem Ziegelstein in der Tasche herum, man wisse nie, sagte der, ob man plötzlich einen brauche, sagt der Otto und trinkt das Bier aus. Als ich vorgestern früh den Polenweg entlangging zum Wald hinaus, da kam der andere da mit der Stallmütze von weitem aus dem Wald, sagt der Otto, ich dachte zuerst, das sei sein Onkel, der dort aus dem Wald kommt. Ja der

Onkel, sagt die Tante vor sich hin und schaut den Aschenbecher an. Wenn es in seinem Kopf stürmte, sagt die Tante, und du sahst es seinen Augen an, da stand alles geschrieben, dann ging er zum Rhein und steckte den Finger in den Fluss, um mit der Welt verbunden zu sein, das helfe. Der Otto füllt nach und trinkt aus. Wenn jemand gehen will, dann geht er auch, sagt die Silvia und zündet sich eine Select an, man ist nicht plötzlich tot. Leute sagten, sagt die Tante, sie hätten ihn gesehen am Tag seiner Beerdigung, er sei auf dem Dachgiebel seines Hauses gesessen und habe ihnen zugewinkt.

Die Tante steht auf und geht durch die Türe, die in die Küche führt. Kannst nichts machen, sagt der Alexi und fährt mit der Hand über die Stirn, ertragen. Die Silvia schüttet vom Schnaps in ihren Caffefertic. Sie nimmt das Glas in die Hand und bewegt es leicht im Kreis und trinkt es aus. Der Gion Baretta kratzt sich am Ellenbogen. Das Hörrohr fällt ihm auf den Boden. Der Otto hebt es auf und legt es auf den Tisch. Der Onkel vom anderen da mit der Stallmütze, der war auch weg einige Jahre, sagt der Otto, und gebracht hat es nichts, sagt der Luis, drei Jahre in Genf war er, wo er Möbel schleppte. Hätte er auch hier machen können, sagt der Otto, wenn es nur darum gegangen wäre. Und zurückgekommen ist er mit drei Kartonschachteln voller Sachen, die er in Plastiksäcke gross wie Zigarettenschachteln gesteckt hatte, das Datum stand auch noch drauf, mit Wasserfest denk, alles Zeugs, das Leute auf den Strassen in Genf verloren hatten, verlorene Stücke gefunden, hatte er auf die Kartonschachteln geschrieben. Ich habe mal Porzellan gesammelt, sagt der Alexi.

Ob denn sammeln oder rauben, wer kennt da schon den Unterschied, gell Otto, sagt der Luis, ein Viehräuber ist das, der Imker hier mit dem Schaufelbart, Imker sind wir doch alle, sagt die Silvia und trinkt ihren Caffefertic aus. Die Tante bringt ihr einen neuen. Die Silvia schüttet Schnaps rein. Wo ich doch gar nicht Bauer war, sagt der Otto, wie stellst du dir das denn vor. Mit Kühen sah man dich trotzdem immer irgendwo unterwegs, schon noch komisch, gell, obwohl man nicht Bauer ist, sagt der Luis, und plötzlich hatte jemand im Dorf wieder zwei Kühe mehr im Stall, weil der Herr hier, der sich hinter dem Bart royal versteckt, im Urnerischen war über Nacht und die Woche drauf im Tessin, oh wenn man nicht schlafen kann, sagt der Otto und verwirft die Hände, was denn machen die ganze Nacht. Ja nur die Imkerei und das bisschen Holzfällerei, das macht noch keinen Mann mit Vermögen, sagt der Luis, und andere schuften sich die Hände wund Tag und Nacht oh Hailandstutz. Er trinkt aus. Noch einen, sagt er. Dafür haben uns die Urner über Jahre hinweg die Glocken aus den Kapellen geklaut und ins Tirolische verkauft, sagt der Gion Baretta und hält das Hörrohr ans Ohr, oh kannst schon so schauen, sagt er zum Luis, dann geh doch mal raus ins Trilihol, und wirst dann staunen, wie das tönt und glöcklet da draussen, gleich wie bei uns tönt es, jawohl. Er trinkt seinen Kübel aus, dann bring mir noch einen, sagt er und legt das Hörrohr auf den Tisch. Die Tante bringt dem Luis einen Quintin und dem Gion Baretta einen Kübel. Will nur wissen, wo der das Geld vergraben hat, der Kamelräuber, sagt der Luis und schaut den Otto an, den Holzboden müsste man bei ihm mal herausreissen, aber das meiste hat er wohl hier drin in Gold angelegt. Wer nimmt, dem wird auch genommen, sagt der Alexi, ouh pass auf, da schiesst einer wieder aus der Hüfte, sagt der Otto, im Wildwescht hat man da noch kurza Prozess gemacht, ein Duell, und einer liegt denn, gell, egal ob Frisör oder Coifför. Lange bin ich im Wildwescht gewesen, sagt der Otto und nickt, oh scho sicher, und wer zuerst zieht, der stirbt, das weisst du, gell.

Im Spital war ich kürzlich, sagt der Gion Baretta. Ach, sagt der Luis. Der Gion Baretta hält das Hörrohr ans Ohr, und so schnell bringt man mich nicht mehr dorthin, früher hatten wir noch die Frau Rohrer, wenn was war, die Samariter, die machte tiptope Bandaschen. Und heute musst du in die Fabrik nach Ilanz, verläufst dich ja in den vielen Gängen, alle gelb gestrichen, aber da kriegen sie mich nicht mehr hin, auch nicht mit Gottesgewalt. Hinten am Rückgrat drückte irgendwas wieder mal, da lag ich da auf dem Schragen, zuerst hat es eine Ewigkeit gedauert, bis endlich jemand gekommen ist, hatte schon gedacht, man habe mich ganz vergessen oder ob ein Feiertag sei und ich liegen bleiben müsse bis zum nächsten Werktag, man wird so schnell einsam, gut hing ein Kruzifix an der Wand. Du vergisst, dass du vergessen wirst, sagt der Otto. Er steckt sich eine Krumme an. Der Gion Baretta dreht sein Hörrohr dem Otto zu, und rauchen darf man dort ja auch nicht mehr, wie froh ich dann war, als endlich jemand kam, das ist sicher eine nette Frau Dokter, habe ich gedacht, aber kasch tenka, eine Ärztin gröber als jeder Pferdemetzger war das. Und dann geben sie dir Tabletten, dass du am nächsten Tag kaum mehr weisst, wie dein Ross heisst. Einen ganzen Plastiksack Tabletten in allen Farben haben sie mir mitgegeben, ja wo soll man den Sack denn hinstellen zu Hause. Dann schon lieber den Dokter Tomaschett, gell, sagt der Otto, aber der ist halt auch schon Jahre tot. Die Tante bringt dem Gion Baretta einen Kübel. Den Pauli Plaun wollte ich auch noch grad besuchen, wenn ich schon da war, sagt der Gion Baretta, aber der hat es wieder mal pressant gehabt und hat zu sterben gehabt, wo ich doch noch hatte ausrichten lassen, dass ich noch vorbeischaue und er warten solle. Geduld hat der halt noch nie gehabt, sagt der Luis.

Man stirbt halt so, wie man gelebt hat, sagt der Gion Baretta und steht auf, adiö, und verschwindet aus der Helvezia. Nicht so schnell, ruft der Luis ihm nach, du holst dir noch eine Lungenentzündung. Die Tante steht auf und macht die Eingangstüre zu, die der

Gion Baretta offen gelassen hat. Sie nimmt das Hörrohr vom Tisch und versorgt es wieder im Schrank auf dem untersten Tablar. Der Alexi holt seinen Schnudderlumpen aus der Hosentasche und schnäuzt. Der Ambrosi hatte sich ins Herz geschossen, und zwei Monate später stand er wieder hier drin um den Stammtisch, sagt die Silvia, der setzte sich nie, habt ihr den mal sitzen sehen, fragt die Silvia, gut, das war halt schon nicht grad ein grosser. Sein halbes Leben hat er in der Helvezia verbracht, das haben wir alle, sagt der Otto, aber hingesetzt hat er sich nie, das stimmt, sagt die Tante, ich räumte den Stuhl weg, wenn er kam, und er stand da mit seinem Rucksack auf dem Rücken, die Pfeife im Mund, ganze Nachmittage stand er und trank grosse Kübel, nicht mal den Rucksack stellte er ab. Hat dann auch den Tod aufrecht empfangen, am Fenster, sagt der Otto. Soli, dann wäre ich dran, sagt der Luis, nicht dass wir noch einen Dammbruch haben, er steht auf und humpelt zur Tür, die in den Gang hinaus führt.

Schaut, das habe ich auch noch gefunden im Schrank, sagt die Tante und legt ein Foto der Prozession auf den Tisch. Alle schön in Form, sagt der Otto, nur die Pfarrsleute, einer dicker als der andere, so zeigt sich, wer zu fressen hatte und wer nicht, der alte Josefi war noch nicht Pfarrer hier, sagt die Tante und klopft ihre Mary Long am Aschenbecher ab. Der alte Josefi mit seinen knochigen Händen, sagt der Otto, eine rabenschwarze Kutte trug er, der kam erst später, der hätte diesen Herrschaften hier auf dem Foto schon den Speck vertrieben, anstatt der Prozessionen jährlich einmal um die Kirche führten die uns plötzlich durchs ganze Tal. Einmal in der Woche trieb er uns die Hänge hinauf bis nach Brigels, mit Kreuz und Weihrauch und Eimern voller Weihwasser, in einem Tempo, ich sage dir, sagt der Otto, die Hölle ausgetrieben hat er uns, wie alte Kühe jagte er uns die Strasse hinauf, während unten im Dorf der dicke Pancraz mit seinen verkrüppelten Fingern, der Barbar, grausam tat im Kirchturm an der Glocke, schneller in Brigels waren wir, als wenn wir das Postauto genommen hätten, sagt der Alexi, schneller und sicherer. Und wenn du ankamst oben in Brigels waren deine Gedanken rein wie Quellwasser.

Der Luis steht auf der Türschwelle der Helvezia, buah, habe ich viel geschifft, und wie das regnet, das wird mir noch lustig, wenn das so weitergeht, dann können wir bald zum Gebet final ansetzen. Er fährt mit dem Ärmel über die nasse Stirn. Das waren noch Kreuzwege, sagt der Otto, ich küsse heute noch das grosse Eisenkreuz in Brigels, wenn ich dort vorbeikomme. Von dort aus siehst du übers ganze Tal, hätten wir einen König gehabt, einen wie der Louis, er wäre dort gesessen. Wenn er denn gesessen wäre, sagt der Alexi. Von Kreuzen und Kreuzwegen haben die im Unterland denn keine Ahnung, sagt der Luis und setzt sich, ich musste mal mit dem Auto ins Unterland als junger Mann, nachher aber nie mehr zum Glück, eine

Ladung Rechen vom Giusep, aufs Dach hatte ich sie gebunden, musste ich abliefern dort unten, also schon ein Durcheinander an Strassen haben die da, weisst ja nicht wohin fahren in dem Wirrwarr, Ampeln und Strassen und Häuser und Tafeln, aber keine Berge, an denen du dich orientieren könntest, da haben wir es schon gäbiger hier, hier fährst du entweder das Tal hinauf oder das Tal hinab. Dann bring mir noch einen Quintin, sagt er zur Tante. Ein Chaos infernal haben die im Unterland, vor allem in den Städten, und man versteht sich halt nicht, und die gönnen sich nichts, die lachen einander aus nach jedem Satz, ich weiss doch auch nicht, auf jeden Fall, und so habe ich halt nach dem Weg fragen müssen, als ich in Züri war, schon nicht gerne, aber was hätte ich denn machen sollen, wo ich doch schon im Kreis fuhr seit Stunden, und viel zu spät dran war ich auch, und habe das Fenster runtergelassen und eine hübsche Frau gefragt, die am Strassenrand stand, ui, schön grosse Brüste hatte die, die standen ihr ab wie Balkone, und sie hat gesagt, einfach weiter fahren, bis zur nächsten Kreuzung, und dann rechts. Aha, habe ich gesagt, um sicher zu sein, einfach geradeaus bis zur nächsten Kreuzigung und dann rechts, und dann hat die Sirene losgeheult. Die Tante stellt ihm den Quintin hin. Er trinkt ihn aus. Dann bring mir noch einen.

Etwas katholischer sind wir Bergvolk vielleicht schon hier oben vermutlich, sagt die Silvia und schmunzelt, wir wohnen ja auch dort, wo der Himmel weiter unten ist. Sie trinkt ihren Caffefertic aus, dann bring mir doch noch einen bitte, sagt sie. Da hast du vielleicht recht, sagt die Tante und hält ihre Hand vor den Mund und steht auf, ihre Augen leuchten. Was habt ihr zu schmunzeln, fragt der Luis. Ach, sagt die Tante und grinst, nichts weiter, nur an den alten Josefi haben wir gerade gedacht. Der alte Josefi hatte eine strenge Hand, und ein Kolleriker obendrauf, sagt der Luis und streicht sich mit dem Handrücken über den Mund. Er schaut seinen Quintin an. Ja, sagt der Otto und hält die Hände vor den Bart. Er streicht sich eine Träne aus dem Augenwinkel. Gell, sagt der Alexi, es schüttelt ihn. Aber korrekt war er, der alte Josefi, und an Neujahr gab es bei ihm Zigarren aus Marialagorda de Cuba, die hätte man essen können, so zart waren die, und wir tranken die ganze Nacht durch auf den Herrgott bis zur Morgenmess, aber nur Whisky, und nur schottischen trank der Siech, stets demütig, versteht sich, dafür aber im gleichen Schritt wie bei der Prozession, eine Kadenz hatte der, du meine Güte. Wenn man betet, betet man, und wenn man trinkt, dann trinkt man, das war sein Gebot. Und ihn ja nicht zornig machen, ein Furioso konnte der sein, wenn er in Rage kam, der hätte Steine zertrümmern können mit dem Kopf.

Ein Trompetenmensch war das, der alte Josefi, sagt der Alexi, einmal im Jahr, an Mariagottes Himmelfahrt, mitten im August, stiegen wir mit den Blasinstrumenten ins Ruderboot und fuhren den Rhein hinunter, durch die Rheinschlucht und weiter herunter hinunter immer weiter und spielten Chorale für die Mutter Gottes und ihre lieben Schwestern, der alte Josefi mit der Trompete, ich mit dem Bariton, die Mena vom Kiosk an der Posaune, der Pauli am Bass und an der grossen Pauke der Pieder Pign, am Euphonium die Josefina, sie spielte denn gut, zu siebt oder acht waren wir, im Boot den Fluss hinunter an Wäldern vorbei und an Dörfern und Felsen bei Bise und Wolken und Sonne und Regen, wir spielten und spielten. Der hatte eine Romanze, sep scho sicher, sagt der Luis. Wer, fragt die Tante, der alte Josefi. Oh scho sicher, sagt der Luis. Gib noch einen Quintin. Die Röcke hatte er schon gerne, auch die farbigen, sagt der Otto, kann gut sein, dass er seine Liebeleien hatte und dass es ihn hin und wieder hinaus aus der Wüste trieb. Ist ja auch nur ein Mensch gewesen, sagt die Silvia und bläst den Rauch aus. Oh doch nicht der Primus in Persona, sagt der Alexi, oh doch nicht der Pfarrer selber, du Narr, also so einen Saich. Du trink, sagt der Luis und schiebt den Kübel näher an den Alexi hin, der trieb es denn wild, wo der liebe Gott doch auch dem Hochwürden genug lange Arme gegeben hatte, sagt der Otto, mit der Lisbet aus dem Wali zu Obersaxen, sagt der Luis, ganze Nachmittage in den Wald verschwand er mit ihr, einige Male, dass ich die beiden denn habe liegen sehen im Moos, nackt lagen sie da, die haben denn nicht gebetet, das waren denn andere Zeremonien, die da abgehalten wurden. Bravo, da hat er recht gehabt, der alte Josefi, sagt die Tante und lächelt, die Lisbet war denn eine feine Frau, die passte zu ihm. Und schöne Kinder hatten die zusammen, liebenswürdige, sagt die Silvia, und zuvorkommend, schade, dass alle weggezogen sind, sobald sie ausgewachsen waren, die hast du hier nie mehr gesehen. Ja spinnt ihr jetzt denn alle, sagt der Alexi, die Lisbet war doch mit dem Sep Grop zusammen, so einen Schmarren, doch nicht der Pfarrer, was für einen Schwachsinn ihr erzählt. Der Josefi, der alte, ein Charmör war das halt, und gerissen genug, der Fuchs, sagt der Otto, und der Sep Grop hing ja nur in den Beizen herum, was wolltest du mit dem anfangen, wo er doch eine so wunderbare Frau hatte, hätte besser ein bisschen besser zu ihr geschaut, anstatt sie zu prügeln jeden Tag von neuem. Gut ist er beizeiten gestorben. Vom Wagen gerutscht ist er und ins Tobel gefallen, als er daran war, Müll hinunterzuschmeissen. Ja ausgerutscht ist man schneller, als man denkt, sagt der Luis.

Wie frisch halten, das ist die Kardinalfrage, sagt der Otto. Ja, sagt die Silvia, ein bisschen Sorge tragen halt, alles eine Frage der Haltung, dann stürzen sie einem auch nicht ins Unglück, eine Aufmerksamkeit manchmal vielleicht wäre denn nicht zu viel verlangt, sagt die Tante, aber davon verstehen solche, die die Büchse Ravioli mit der grossen Axt auftun, wohl nicht wirklich viel. Jetzt aber, als ob wir auf den Kopf gefallen wären, sagt der Luis, zum Geburtstag eine Hirschzahnkette, und der Braten ist gekocht.

Ach was, sagt der Otto, ich habe der Friederike zum Geburtstag, gerade bevor sie einfach so gestorben ist im Herbst, einen Trog Geranien geschenkt. Da wird sie sich sicher sehr darüber gefreut haben, sagt die Silvia und schüttet Schnaps in ihren Caffefertic, mir hat der Pieder aus Puzzatsch mal einen Korb mit exotischen Früchten aus Plastik geschenkt, vielleicht ist es doch besser, wenn du wieder gehst, habe ich gesagt, und nimm deinen Fresskorb doch gleich wieder mit, sie zündet sich eine Select an, jeder macht halt, was er kann. Mir schenkte der Leonardo, der aus Livigno, der hier zwei Sommer lang arbeitete, einen Langlaufdress zum ersten August, einen roten, einer dieser engen mit Reissverschluss, frag mich nicht wozu, dann lieber noch eine Poesia d'amur vom Gion Bi, Blumen, sagt der Alexi und lächelt, ein anderer, ein Waldarbeiter aus Camischolas, sagt die Tante, schenkte mir einen Föhn, einen grünen. Der Werner wollte mir eine Wohnwand schenken, sagt die Silvia, eine dunkle wie die Nacht, oje, ob er diese doch nicht lieber wieder seiner Mutter zurückbringen wolle, habe ich ihn gefragt. Sie trinkt ihren Caffefertic aus, ich nehme dann noch einen, sagt sie, mit dem Teppichklopfer hätte ich dem gegeben. Der Friederike habe ich ein Feuer gemacht, sagt der Otto, ab dann wusste sie. Von Zeit zu Zeit einen Hirsch nach Hause bringen und auf den Küchentisch abstellen, da braucht es keine Worte, sagt der Luis, das ist wohl Liebe genug.

Dann gib noch eine Flasche, sagt der Otto zur Tante und hebt das Glas, eine Goldmine ist das, deine Helvezia. Ein Bier an Feierabend ist doch das beste, wenn man den ganzen Tag gekrüppelt hat. Der Luis nickt, der Jörgi schuftete auch Tag und Nacht, dem haben wir mal, während er auf dem Feld war, die Fensterläden ausgetauscht mit den Fensterläden vom Haus vom Tini Blutt, hat länger gedauert, als wir dachten. Er trinkt aus und zündet sich eine Rössli an. Ausgerechnet an diesem Abend, wo wir uns doch ein Spässli gönnen wollten, mp mp, ist er nicht mehr heimgekehrt, Herzbaracke. So ergeht's dem, der das Abendbier nicht achtet, sagt der Otto, gell Alexi.

Die Türe der Helvezia geht auf, und auf der Türschwelle steht der Giacasep. Jo git's di au no, sagt der Otto, oh wenn ich eingesperrt war, sagt der Giacasep. Er hat ein Schilet an und trägt einen Kopfhörer, das Kabel hängt herunter. Er eilt zum Stammtisch hinüber und setzt sich hin. Eine Jasskarte fällt aus seinem Ärmel auf den Boden. Kübels, sagt er, buah, habe ich einen Durst. Er packt den Kübel vom Alexi und leert ihn hinunter. He, sagt der Alexi, oh unter Nachbarn, oder, sagt der Giacasep, oh jetzt tu nicht so, oh wenn ich dir jeden verrechnen würde, der bei mir Schrauben kaufte und grad auch noch zu dir kam für die Frisur, oder. Es tropft von seinen Haaren. Die Tante bringt dem Giacasep und dem Alexi einen Kübel. Wir dachten schon, du würdest uns im Stich lassen, und das am letzten Abend, sagt der Luis, wo bist du denn gewesen. In Guadalup, sagt der Giacasep und trinkt seinen Kübel aus. Er nimmt seine Marocän aus der Brusttasche und steckt sich eine an, früher rauchte ich auch Mary Long, sagt er zur Tante, aber in Guadalup gibt es keine Mary Long, nicht mal Select, oh sicher dass wir dort rauchten, oder, aber Marocän nicht und Parisienne ohne Filter auch nicht und auch nicht mit Filter, dort rauchten wir Piafs, pif paf Piaf, die waren denn gut, aber kurz. Oh die hatten es sowieso nicht so gerne, wenn man dort rauchte, im neunundsechzig waren wir da, in Guadalup, oh als wir dort Bier getrunken hatten, ein Bier oder zwei, oder, saugut das Bier da, und als ich nachher mit Kleidern im Schwimmbecken stand und den hübschen Frauen zuwinkte, hallo, eine hübscher als die andere, alles Biuti Quiins, oh wie die Kellner schimpften, dass ich rauchte. Er trinkt den Kübel vom Alexi aus. Die Tante bringt zwei neue Kübel. Und am Morgen waren unsere Kleider jeweils versteckt, ich wanderte im Schlaf und versteckte sie. Oh einmal bin ich fünf Kilomenter vom Hotel entfernt aufgewacht, vor dem Supermarkt, wo wir doch immer einkauften, und habe heruntergeschaut und gemerkt, oh du heilige Scheisse, ich habe nur Unterhosen an, oh nur in Unterhosen, sieben Kilometer vom Hotel entfernt. Er raucht seine Marocän fertig und nimmt sich eine neue aus dem Päckchen und zündet sie sich an. Und am anderen Abend tranken wir so viel an der Bar, fast die ganze Insel tranken wir leer, bis ich extra vom Stuhl kippte und dalag wie totgetrunken, dass die anderen mich ins Zimmer hinauftragen mussten, in den achten oder neunten Stock, alles die Treppe hinauf, Lifte gibt es in Guadalup denk nicht, wo denkt ihr denn hin, und als wir oben waren im zwölften Stock und sie mich aufs Bett legten, buah was für einen Penalty ich hatte, eine majestätische Baracca, oh da bin ich aufgestanden und habe gesagt, Danke liebe Freunde, und jetzt gehen wir wieder runter und trinken weiter. Er lacht und klopft mit der Faust auf den Tisch und trinkt den Kübel aus, den ihm die Tante hingestellt hat und zündet sich eine neue Marocän an und raucht sie runter. Ich bin gleich wieder da, schiffen. Er trinkt im Stehen den Kübel vom Alexi aus, klopft ihm kräftig eins auf den Rücken, Danke amigo mio, und geht durch die Türe, die in den Gang führt, und schlägt sie zu.

Der Bischof war da, murmelt die Silvia, geht wie ein Messer durch die Strassen. Wirft wohl wieder Münz in die Toilettenschüssel, sagt die Tante, ein Opfer erbringen für die armen Seelen. Sie steht auf, leert den Aschenbecher und holt den Calender Romontsch. Wenn Königreiche fallen, sagt der Otto, wenn es wenigstens zu regnen aufhören würde, sonst kommt uns noch die Welt abhanden, er hebt sein Glas und trinkt. Ja wer den Sprengstoff auf der Zunge trägt, sagt der Alexi. Wenigstens ist das Ende nicht so weit entfernt wie das Gestirn, sagt die Tante, morgen ist der Heilige Ernest, steht im Calender Romontsch, und es steht, man solle öffnen, wenn es klopfe. Die

Schönheit der Menschen zeigt sich bei Regen, sagt die Silvia und zündet sich eine Select an. Was redet ihr denn da zum Teufel für einen Krümpel, fragt der Luis und schüttelt den Kopf, seid ihr denn schon auf der Himmelfahrt, erst jetzt müsst ihr mir denn nicht die Weite segnen, ein Tisch ist immer noch ein Tisch und fertig, er klopft mit der Faust auf den Tisch, Nachschub, sagt er, weiter geht's. Die Tante bringt der Silvia einen Caffefertic und eine neue Schnapsflasche, dem Otto eine grosse Flasche und dem Luis einen Quintin. Und er hier, ha, fragt der Luis und zeigt auf den Alexi. Er kriegt denk auch seinen Kübel wieder, wenn der gemeine Giacasep ihm das Gold geholt hat, sagt die Tante und geht hinter das Buffet und holt einen Kübel für den Alexi, ja wer das Lamm vorgibt, wird von den Wölfen gefressen. Sie geht zum Schrank und nimmt ein Päckchen Mary Long aus dem Schrank und macht es auf. Der Otto nimmt die Zündhölzchen vom Tisch und zündet sich eine Krumme an. Er trinkt, buah, ein Bier wie eine Sage hast du. Es donnert. Ui, habt ihr das gehört, sagt der Alexi und fasst die Silvia am Unterarm, im Januar, dass ich das noch mitlerleben muss per l'amur da Diu. Petrus dort oben ist am Kegeln mit Knochen und Schädeln, sagt der Luis und schüttet vom Quintin nach. Er hebt sein Glas, auf die armen Seelen.

Der Luzian war auch eine verlorene Seele, Haare schwarz wie die Raben vom Teufel hatte der, nach hinten gekämmt, sagt der Luis, auf dem Julier donnerte und krachte es in jener Nacht, Kopferteckel, als hätte der Naucli, der Teufel selber, das Kommando übernommen, sagt der Luis, im Militär waren wir dort oben auf dem Pass im vierundsiebzig, eine verflucht karge Mondlandschaft das, Fels wo du hinschautest, der Everist, Jahrgang dreiundfünfzig, sagt der Otto, der brach sich noch das Bein in dieser Nacht am Massiv, sagt der Luis, ein offener Bruch, und wir tranken Korn in dieser Schweinekälte, hai zog dir da die Bise bitter durchs Gerippe, etwas Brand, um den Schlaf der Gerechten zu finden, da jagten die Schweine uns aus dem Stroh, kaum hatten wir uns hingelegt, ein Karneval hier oben, und dann ging die Schlacht los, wo man doch nicht mal mehr die eigenen Schuhe sah, scharf geschossen wurde, eine Todsünde, was an Blei dem Berg in den Bauch geladen wurde in dieser Nacht, ein Treiben wie zu Trafalgar, und mitten drin der Luzian, verdiente ab als Korporal, ein guter Korporal war das denn, und immer korrekt, da zog ein Strohkopf aus Pigniu den Stift raus und wollte die Handgranate schmeissen und liess sie nach hinten fallen, mitten unter die Kameraden, rauf und in den Himmel hinein hätte es uns alle gejagt, war ja schon zu spät, sie aufzuheben und zu werfen, zum Teufel alle, wäre nicht der Luzian frisch gewesen im Verstand, der schrie und warf sich auf die Handgranate, da lag er da mit dem Tod im Bauch, er trinkt seinen Quintin aus, und die Granate ging nicht los. Aufgestanden am nächsten Tag mit Haaren weiss wie die Bettwäsche vom Allmächtigen ist der. Er fährt mit der Hand über den Nacken. Einen Pakt mit ihm dort unten hat er gemacht, der arme Schani, sagt der Otto, lebt er denn noch. Ins Wasser gegangen ist er, sagt die Tante.

Es blitzt, jetzt auch das noch Himmelstärna, sagt der Alexi und zuckt zusammen. Er kratzt sich am Oberarm. Jeder macht sein Mögliches, sagt die Silvia, einige kommen halt nicht weiter, als was sie kommen, vualà. Sie zündet sich eine Select an und zieht daran. Einige haben halt mehr Talent als andere, sagt der Otto, so ist das, demokratisch wird das halt nicht verteilt, also schon ungerecht farruct verteilt er dort oben, gell, der Herr, auch bei den Talenten, nicht nur bei den Schönheiten, sagt der Otto, in Brigels gab es den Kanalles, ah der Schreinermeister, sagt die Tante, am Sonntagnachmittag kam er jeweils vorbei auf ein, zwei Bier oder drei, ui hatte der ein grosses Maulwerk mitten im Gesicht, sagt der Alexi. Ein Plapperi war das, nicht mal ein paar aufs Maul half bei dem, sagt der Luis, nicht mal dann schwieg er, konntest den nicht abstellen, wie ein Nachrichtasprecher, der hörte nicht auf, nicht zu verstehen, dass es dem nicht das Herz verklopfte, ein anderer hätte schon längstens eine Herzbaracke gehabt, und ein Stotterwerk machte dieser, du meine Güte. Der Kanalles, sagt der Otto, der sagte, er könne jede Arbeit machen, und denn ohne rot anzulaufen sagte der das, ja der stand uns all die Jahre vor der Sonne, der Kanalles sagte immer, i kann alles. Ja in Brigels hat der Allmächtige alles auf eine Karte gesetzt, sagt der Otto und trinkt sein Bier aus, da ist er grad selber schuld, der liebe Gott, dass er jetzt den Kanalles in der Eingangshalle stottern stehen hat, der ihm den ganzen Tag lang aufzählt, was er kann, da wird Gott selber sich wohl früher oder später eingestehen müssen, dass er es bei dem nicht ganz so gut hingekriegt hat. Wie man in den Wald ruft, sagt die Tante und grinst, ja auch Gott macht Fehler, und gestorben ist er trotzdem, sagt der Otto, einen Strich gezogen hat der liebe Gott, als er es nicht mehr ertrug, vom Blitz getroffen der Kanalles, ferticschluss. Ich schrecke heute noch manchmal auf am Sonntag, wenn die Türe aufgeht, der Kanalles könnte plötzlich zur Türe reinkommen, sagt die Tante, also grad alles kann der nicht, von den Toten auferstehen wird er wohl nicht können, sagt die Silvia, das wäre denn grad brav farruct. Ja ein Talentierter war das, und die anderen, wer halt nicht so viel Segnung mit auf den Weg bekommen hat, sagt der Otto, halt nachhelfen ein bisschen, einen Stein aus der Val Frisal in der Hosentasche mittragen, das hilft schon mal, oder ein bisschen weissen Senf kauen und zwischen Backe und Zähne gegen das kalte Hirn, das frischt den Dachstock auf, gell Luis, oder ein Fläschli mit Steinbocksaft in der Tschopentasche, das gibt harte Schädel, oder eine neue Frisur, sagt der Alexi, und man geht ganz anders durch die Welt. Teuer hast du mindestens nicht verlangt für deine Frisuren, das muss man schon sagen, sagt der Otto, aber dafür trägt das halbe Dorf einen Hut und der Rest ein Kopftuch.

Oben im Tal, die Carlina vom Leonard, bei der dachte man auch, dass sie endlich tot sei, sagt der Otto, also die hat denn den Mann geplagt Tag und Nacht, der arme Leonard, wo er doch ein so arbeitsamer war und ein steinlieber Kerli obendrauf, der war grün und blau geprügelt, jedes Mal, wenn man ihn sah. Die war wirklich ziemlich grob, sagt die Silvia, da hast du recht. Und stell dir die Freude vor, als sie endlich gestorben war, sagt der Otto, und das mitten im Winter, etwas Licht am Nordpol, und als man sie beerdigen wollte, und man durch das Waldstück mit dem Schlitten mit dem Sarg drauf den steilen Hang hinunter musste zum Friedhof hin, da ging den Herrschaften der Schlitten ab den Stutz hinunter und knallte in der Kurve, pamf, gegen eine Esche, dass der Deckel aufschlug und die Carlina, die Schwingerkönigin, im Sarg aufsass, hellwach, madre mia, der Otto zieht den Kopf ein und die Augenbrauen hoch, so ging der ganze Spass von vorne los, nur dass sie danach noch härter auf den Leonard einprügelte.

Dass der August noch nicht aufgetaucht ist, sagt die Tante. Der hat halt nur einen Arm, sagt der Luis, der schläft noch, sagt der Otto und schenkt von seinem Bier nach, der ist müde geboren. Der hätte doch heute Geburtstag, sagt die Tante. Das haben wir alle einmal im Jahr, sagt die Silvia. Wie kann jemand nur August heissen, der im Januar geboren ist, verstehe ich nicht, sagt der Luis und schüttelt den Kopf, dann gib noch einen Quintin. Er fährt mit dem Handrücken über den Mund und holt die Rösslis aus der Jackentasche seiner blauen Skilehrerjacke mit dem Steinbock auf dem Ärmel. Vielleicht stirbt er dafür im August, sagt der Alexi. Da hat unser Coifför recht, sagt die Silvia, wann man stirbt ist wichtig, nicht wann man geboren wird, sagt sie und bläst den Rauch aus. Sie schüttet vom Schnaps in ihren Caffefertic und trinkt ihn aus, entscheidender ist, wo der Ton aufhört, oder, im Nichts steckt die Hexerei, oder nicht. Ich bin in der Stunde geboren, die es nicht gibt, sagt der Otto und schaut die Tante an, sie holt ihm eine neue Flasche, der andere wieder, sagt der Alexi, jetzt aber aufgepasst, was jetzt kommt, irgendeinen Brunz wieder wohl. Die Tante stellt dem Otto die Flasche hin und schenkt ein. Sie bringt dem Luis einen Quintin. Oh kannst schon staunen, sicher ist das so, genau in der Zeitumstellung bin ich geboren, sagt der Otto, die gab es dann doch gar noch nicht du Salatkopf, sagt der Alexi, ha, jetzt haben wir ihn bei den Hörnern, den Barbarossa, gell. Er lacht und schaut die Silvia an. Der Frisör darf ruhig lachen, sagt der König Otto mit den Eselsohren, sagt der Otto und hebt den Finger, aber Moment noch bevor er sich totlacht, der grosse Barbiere, in Österreich war ich denk, als ich geboren bin, dort hättest du auch bleiben sollen, mp mp, sagt der Luis und hebt seinen Quintin, salute, und trinkt ihn aus. In der Stunde geboren, die es nicht gibt, gell, sagt der Otto, ich bin zwei Mal geboren oder gar nicht, also muss ich auch zwei Mal sterben oder eben gar nicht. Der Alexi schüttelt den Kopf und winkt ab.

Nur wichtig, mp mp, dass man den Toten sofort die Beine zusammenbindet, nicht dass sie einem noch sechs Wochen lang durchs Haus geistern, sagt der Luis, dann gib noch einen Quintin, mp mp. Ja meine hinkende Mary, sagt er, die konnte den Tod voraussagen, wenn sie vor dem Haus von jemandem stand, die gute Kuh, mp mp, dann wusstest du, dass der Tod da an die Türe klopfte. Der Gion Baretta steht auf der Türschwelle mit einem Cornet in der Hand, nur den Gehstock vergessen, sagt er und nimmt ihn vom Hirschgeweih und dreht sich zum Gehen um. Dann trink doch grad was, wenn du schon hier bist, sagt die Silvia ohne aufzuschauen. Miracheu, sieh einer an, sagt der Otto, und wo hast du das Cornet her, hättest uns denn schon auch so ein feines Glacé mitbringen können, gell, das essen denn auch andere gern. Der macht das extra, sagt der Alexi, der ist doch nur schnell nach Hause schiffen gegangen, der geht denk nicht in fremde Häfen, ist zu nobel dafür, sagt der Luis, der sitzt denk nur auf seinem eigenen Thron, mp mp, wo er auch weiss, wo das Papier ist. Der Gion Baretta hängt seinen Gehstock zurück ans Hirschgeweih und hinkt zum Stammtisch hinüber, setz dich ruhig hin, und mach mal eine Pause, mp mp, und iss du in aller Ruhe dein Cornetli, sagt der Luis, bist ja ganz nass, regnet es denn, mp mp. Für Pausen sind wir zu alt, sagt der Otto.

Die Tante steht auf und macht die Türe zu, die der Gion Baretta offen gelassen hat, und holt das Hörrohr aus dem Schrank und legt es auf den Stammtisch vor den Gion Baretta. Ein guter Musiker spielt die Pausen grad so gut wie die Töne, sagt die Silvia und zündet sich eine Select an. Der Luis drückt seine Rössli aus. Die Tante holt dem Gion Baretta einen grossen Kübel, vualà, sagt sie, hier sind wir an der Quell, sagt der Otto. Der Gion Baretta nimmt seinen Flachmann aus der Tschopentasche, halt mal, sagt er zum Otto und streckt ihm das Cornet hin, aber wehe, und schraubt den Deckel auf und schüttet einen Schluck ins Bier. Soli, sagt er und versorgt den Flachmann, viva, er hebt seinen Kübel und trinkt. Mersi, sagt er zum Otto und nimmt das Cornet in die Hand, den anderen da mit der Stallmütze, der Schweinehirt, den habe ich gerade hinter dem Bahnhof getroffen, der geht wie ein Boxer durch die Strassen, sagt er und hält das Hörrohr ans Ohr, ui wie das schifft, und den Donner, habt ihr diesen auch gehört, und all die Blitze porca miseria, sagt er und stellt den leeren Kübel und das Hörrohr auf den Tisch ab, und das im Januar, dass ich das noch miterleben muss, wo wir doch dachten, schon alles gesehen zu haben. Hosaträgers Hosaschissers, murmelt der Luis, überfahren habe ich den mal, den anderen da mit der Stallmütze, als ich noch meinen schönen roten Subaru hatte, sind auch schon mehr als zwei Dutzend Jahre her, der huara Bengel, oh wenn er halt über die Strasse rennt einfach so, der Clepper, aber der Dokter Tomaschett hat ihm den Hirnkasten wieder zusammengeschweisst, er trinkt seinen Quintin aus, dann bringe mir noch einen, sagt er und hebt sein Glas. Was hat er denn wollen, fragt der Luis den Gion Baretta. Der Gion Baretta gibt dem Otto das Cornet, aber wehe, und zündet sich eine Brissago an. War denn die Maria auch dabei, fragt der Luis. Der Gion Baretta raucht. Und jetzt raucht er, sagt der Alexi, der hat das nur extra gemacht mit dem Cornet. Ah die Maria ist so eine wie die Friederike, sagt der Otto und gibt dem Gion Baretta sein Cornet zurück, Hailanzac, da jagte es dir das Feuer durch die Adern sofort, wenn du sie sahst, diese Mischung aus Temperament und Zurückhaltung, Kopffriedli, elektrisch das, das steigt dir geradewegs hoch ins Hirn und sprengt dir alle Sicherungen, ahh und Wein trank sie am liebsten vom schlechten. Ja das Silber, das wir in den Taschen tragen, sagt die Silvia und seufzt. Sie zündet sich eine Select an. Wenn uns die Maria nach Malaga abgeht, die wird nicht wiederkommen, sagt der Alexi und schiebt seinen Kübel etwas von sich weg, es soll solche geben, Madrid, unterbricht die Tante, ist doch alles das gleiche, sagt der Alexi und hebt die Hand, die wird auf jeden Fall das bisschen Glück, das uns zusteht, dort unten finden, oder, darauf wette ich ein Kalb. Solange sie nicht mit einem spanischen Frisör zurückkommt, alles halb so schlimm, sagt der Otto. Ja die sind wirklich schlecht dort unten, sagt der Alexi und nickt, aber trotzdem, rennen in die Ferne, dass sie die Galoschen verlieren, schon nicht zu verstehen, als ob es hier nicht schön genug wäre. Ja die Guten, sagt der Otto, entweder sterben sie viel zu früh und einfach so, wie meine Friederike, dass man für den Rest des Lebens mit einer Axt im Rücken herumlaufen muss, oder sie gehen für immer furt. Pulenta, sagt der Alexi. Und Romanisch wird sie wohl auch verlernen, wäre dann nicht die erste, sep scho sicher, sagt der Luis, redet dann Romanisch danach wie eine spanische Kuh Französisch. Dass man nicht vergisst, aus welchem Loch man gekrochen ist, murmelt der Otto. Aber mindestens wird sie dann diesen anderen da mit der Stallmütze los sein endlich, sagt der Alexi, das ist nicht das schlechteste, was ihr passieren wird, soll sich was Währschaftes zutun, diese Kinstler sind doch unbrauchbar für den Alltag, das sind wir alle, sagt die Silvia und trinkt ihren Caffefertic aus, oder war der Gioni Bi öppa verheiratet, sagt der Alexi und schaut in die Runde, eben, sagt er und nickt, die sind zum Dichten da und nicht zum Leben, sagt der Luis, den ganzen Tag Purzelbäume schlagen, bis ihnen das Hirn rausfällt. Der Gion Baretta beisst den Spitz der Waffel seines Cornets ab und saugt die Glacé raus. He, sagt der Otto und stösst ihn mit dem Ellenbogen an, nicht so laut. Und den Kinstler da, sobald die Maria furt ist, sagt der Luis und schmunzelt, den setzen wir beim Alexi auf den Frisörstuhl, schnallen ihn an, Haube drauf und hopp, schiessen ihn rauf auf den Mond. Gib noch einen Quintin, sagt der Luis und zündet sich eine Rössli an, dass er uns eine Postkarte vom Mond schicke, er hebt sein Glas und lächelt, auf uns.

Nach Malaga, sagt der Alexi und schüttelt den Kopf, Madrid, sagt die Tante, so weit weg vom Himmel, dann müssen sie bis dort runterfahren, um zu merken, dass es doch am schönsten zu Hause ist, ja Kopfertelli, ich verstehe das nicht. Der Ludivic, der Studiosi aus Patnasa, der hat mal eine Tabelle gebracht, lass mal sehen, sagt die Tante und steht auf und geht zum Schrank, ob ich die noch finde irgendwo. Sie kramt in den Blättern auf dem mittleren Tablar. Madrid ist denn kein gutes Omen, sagt der Otto, der alte Fidel selig, der am Waldrand lebte, der ist dort unten gewesen einige Jahre in diesem Madrid, hat dort ein Geschäft mit einem Spagnoletti gehabt, frag mich nicht was, hat diesen erschlagen im Streit, und musste fliehen, er trinkt sein Bier aus, dann bring mir noch einen encuandopuedes, zurück ins Dorf geflohen ist er und hat dann doch noch einige Jahre friedlich gelebt, draussen bei der Säge unter dem Grep Ner, dem Schwarzfelsen, bis der Steinschlag ihn, der Gerechtigkeit halber, auch erschlagen hat, im siebenundsechzig, fünfundsechzig, sagt die Tante, oh scho sicher siebenundsechzig, ha, scho sicher, sagt der Otto, fünfundsechzig, sagt die Silvia und drückt ihre Select aus, sie zündet sich eine neue an, stimmt, sagt der Alexi, jawohl, stimmt, sagt der Luis, und du, du wenigstens hältst zu mir, fragt der Otto den Gion Baretta. Ha, fragt der Gion Baretta. Huara Banda, sagt der Otto und klopft auf den Tisch, im siebenundsechzig also, sagt der Otto, fünf, sagt der Alexi und hebt den Zeigefinger, von mir aus, dann halt im fünfundsechzig, da putzte der Steinschlag vom Grep Ner das Haus vom alten Fidel selig samt Holzschuppen weg.

Sein Sohn war denn ein armer Schani, der junge Fidel selig, sagt die Silvia, plemplem war der, gell, sagt der Alexi, einige Jahre ist er mit den Ziegen gegangen, sagt die Silvia und bläst den Rauch aus, dann einige Jahre auf die Alp als Rinderhirt, ist aber früh gestorben, in einem Bachtobel hat man ihn gefunden, der hat denn übel ausgesehen, sagt der Luis, muss da schon einige gute Tage gelegen haben, ich habe noch geholfen, ihn zu bergen und zu begraben, auf dem Friedhof wollten die den ja nicht, wenn er halt nicht in die Mess ging, sagt der Alexi, so haben wir ihn auf der Aussenseite der Friedhofsmauer begraben müssen wie einen Hund, sagt der Luis, er trinkt und zündet sich eine Rössli an, aber reklamieren dann schon, mp mp, selber begraben nicht, aber reklamieren, das dann schon, mp mp, weil wir den jungen Fidel selig in einem Sarg aus ungehobelten Brettern begraben haben. Er trinkt aus, buah, dann bring mir noch einen Quintin, mp mp.

Madrid ist nicht auf der Liste, sagt die Tante und setzt sich an den Tisch, oh der Ludivic, der hat halt seine Ideen, ist aber ein Lustiger. Oscha lies vor, sagt der Otto, das ist aber nicht von hier aus, das ist von

Ilanz aus gemessen, sagt die Tante, was Ilanz, sagt der Luis, das ist denk Glion, sagt die Silvia, das weiss ich denk auch, sagt der Luis, aber ich weiss denn nicht, mp mp, ob das denn auch das gleiche ist, Ilanz oder Glion, auch wenn es die gleiche Stadt meint, gell, mp mp, dann rechnen wir zwölf Kilomenter dazu, sagt der Alexi, dreizehn, sagt der Otto, über den Polenweg sind es dreizehn, hundert Prozent dreizehn, von mir aus halt, der Professor wieder, der macht es nur extra, sagt der Alexi und schiebt seinen Kübel noch etwas weiter weg. Der Luis fasst den Alexi am Unterarm. Der Alexi nimmt den Kübel wieder zu sich hin. Also, sagt die Tante und liest vor, Glion, Welthauptstadt der Surselva, von Glion nach Lissabon, 2289 Kilometer, Glion nach Athen, 2313 Kilometer, Glion Marathon, so weit wie nach Athen und noch 42,5 Kilometer zu Fuss, Glion Hong Kong, 9307 Kilometer, man fliegt genau zwölf Stunden, soll ja nie mehr jemand versuchen, mich in so ein Flugzeug zu stecken, mp mp, sagt der Luis, Glion Stockholm, 1853 Kilometer, Glion Chicago, oh va toch a Chicago, murmelt der Alexi, 7145 Kilometer, Ilanz Konstanz, das schafft man in 24 Stunden zu Fuss, sagt der Otto, wenn man etwas zügig geht, mp mp, sagt der Luis, Glion Marrakesh mit dem Auto, wenn man an Rabat vorbeifährt und nicht durch, 31 Stunden und 32 Minuten, Glion London, United Kingdom, 1085 Kilometer, mit dem Fahrrad braucht man genau 54 Stunden, Glion Buenos Aires, acht Nächte mit dem Schiff, den Rhein hinunter über Rotterdam, Glion

Dungong, 16506 Kilometer, und Glion Tinizong, genau elf Stunden zu Fuss.

Jetzt wissen wir's, sagt der Luis, huara Spinner, der Ludivic, mp mp, dann bring mir noch einen Quintin, was weggehen, runter nach Librvill, um Gorillas zu sehen, schon nicht zu verstehen, er schüttelt den Kopf, wo wir doch bereits in der Mitte der Welt leben, mp mp, was willst du mehr, auch in Malaga wachsen die Bäume denk nur von unten nach oben, sagt der Alexi. Der alte Zortea selig, der war schlau genug zu merken, wo er hinzugehen hatte, in unsere gute alte Heimat denk, sagt der Luis, die Heimat hat müde Hände, murmelt die Silvia vor sich hin und zieht an ihrer Select, aus dem Friaul zu uns hinauf zog es ihn, mp mp, recht hatte der, sagt der Otto und nickt, durch all die Wälder und Berge bis zu uns der alte Zortea selig, ambulanter Rechenmacher war der, mp mp, schleppte seine Holzkiste mit Lederriemen durchs ganze Tal, sagt der Luis, und der Sohn hatte die Schlafkrankheit, jiu, schlief der viel, sagt der Otto und hebt die Augenbrauen, bekamst ihn nicht mehr wach, wenn er mal schlief, wenn du irgendwo am Holzen warst und der Bursche dir hätte das Bier holen sollen im Bach, so durstig wie man war, und der kam und kam nicht, und wenn man dann doch nachschauen ging, ob er jetzt denn abgehauen sei, da lag er da wie ein kleiner Hund und schlief in einer Seligkeit, so liess man ihn halt schlafen, was willst du machen, wenn einer schläft, dann schläft er, oder, er trinkt aus, und irgendwann ist er nicht mehr aufgewacht, keine fünfzehn war der, er schenkt vom Bier nach, und andere lässt der Herrgott, der Tyrann, nicht schlafen. Einen Stein aus dem Rhein unters Bett legen und man schläft ein sofort, sagt die Tante, einen Stein an den Kopf, das hilft auch, mp mp, sagt der Luis und trinkt seinen Quintin aus, mir hatte der Dokter Tomaschett, als die Friederike gestorben war einfach so, und ich im besten Willen nicht schlafen wollte, sagt der Otto, das sind denn lange Nächte du, und du machst auch schon um Mitternacht zu, sagt er zur Tante, da hat der Dokter mir Schwarznesseln verschrieben, oh die stinken denn aber bestialisch, sagt die Tante, musst sie ja nicht gleich essen, sagt der Otto, Spiritus draus machen, schön kräftig wirkt das, ja, sagt die Silvia und zündet sich eine neue Select an, und wer keinen Schweinemagen hat, wird dann auch nie mehr Zahnschmerzen haben, gell. Beischlaf, ich soll ein bisschen mehr davon treiben, hatte der Tomaschett mir verschrieben, mp mp, sagt der Luis, wo ich doch schon tat, was ich konnte. Jetzt aber, jetzt ist der Tomaschett wieder schuld, gell, sagt der Alexi.

Dieser Bauer vom Unterland, dieser Herr Glond, der kleine da mit der Plastikbrille, der am Dorfrand lebte, sagt der Gion Baretta und hält sein Hörrohr ans Ohr, der ist auch hierhergekommen, und wirklich lange hat er es nicht ausgehalten hier oben, von meinem Haus aus sah man ihn gut, wie er ums Haus herum werkte, geschäftig den ganzen Tag, der hatte ja den

Hof vom Bartolome übernommen, da hat er aber zu tun gehabt, sagt die Tante, fürchterlich sah der Hof ja aus, und dieser dunkle, enge Stall per l'amur da Diu, als hätte er dreitausend Rinder gehabt und als wäre der Stall seit dreissig Jahren nicht ausgemistet worden, bis man ihn geholt hat, den Bartolome, und das wenige an Vieh, das er hatte, abtat, ins Verderben gehen lassen hat er seinen Hof, sie nimmt den Aschenbecher mit dem Calanda Schriftzug vom Tisch und geht damit hinter das Buffet und leert ihn. Oh, sagt der Otto, das waren denn komische Kühe, die vom Bartolome, die verhielten sich denn also schon aparti, was der mit den Kühen trieb weiss nur der Teufel. Er trinkt. Von wegen das wusste nur der Teufel, gefickt hat er seine Kühe, der Schweinehund, sagt der Luis und streicht sich mit dem Ärmel über den Mund, gefickt nach jedem Melken, morgens und abends, jetzt tu noch so, gell, das weiss auch das Dorf. Dann bring mir noch einen Quintin. Das ist einer wie der Murezli, sagt der Otto, welcher Murezli, fragt die Tante und stellt den Aschenbecher wieder zurück in die Tischmitte, oh der Murezli denk, ah der Murezli, sagt sie, der von weiter oben, ah diesen meinst du, oh ja der Murezli, sagt der Otto, der ist zwei Jahre lang nicht mehr aus dem Haus, nachdem er stecken geblieben war in der Melkmaschine, im Notfall ins Spital fahren hat man ihn müssen, mit der Melkmaschine dran, und abgehauen von dort ist er tags darauf, furt am nächsten Tag, als er hörte, dass die Arztvisite, eine ganze Truppe, im Anmarsch sei.

Vier fünf Jahre ist der Hof vom Bartolome leer gestanden, oder, sagt der Gion Baretta und hält das Hörrohr ans Ohr. Bis dieser Bauer aus dem Unterland, der Herr Glond mit der Plastikbrille, ein Günäkolog war das eigentlich und ein tüchtiger Stotterer wie der Kanalles, hat im Unterland alles stehen lassen und hat angefangen zu bauern bei uns in den Bergen, ganz alleine hier rauf zu uns ist er gekommen wie ein verschlagener Hund, sagt der Luis, der hat auch noch Curasch, der war mit einer Frau Dokter verheiratet, eine Seelenklempnerin war das, danach mit einer aus dem Miliö und am Schluss mit einer Religionslehrerin, sagt der Otto, und erzähl das jemandem, glaubt dir keine Sau, dann bring mir doch noch eine grosse Flasche. Viva, sagt die Tante und stellt dem Luis einen neuen Quintin hin. Der Herr Glond, wie hätte der denn wissen sollen, wo genau die Grenze von seinem Feld sei, sagt der Gion Baretta, und als es ums Heuen ging, mähte er halt etwas über die Grenze hinaus und zum Feld vom Giachen rein, oh dann Orapronobis, sagt die Tante, basta, der Giachen hat das gesehen, sagt der Gion Baretta, und hat gewartet, bis es dunkel war, und ist dann zum Hof vom Glond hoch und hat dem Aebi vom Glond die Räder weggeschraubt, hat die auf seinen Rapid verladen und ist rein zum Tobel dort hinten gefahren und hat die Räder ins Tobel runtergeschmissen. Er trinkt sein Bier aus. Dann ist der Giachen nach Hause und hat den Herrn Glond angerufen und gesagt, und nächstes Mal pass gefälligst auf.

Dann lieber noch einen wie der Bartolome, der wenigstens bei seinen Viechern blieb, als einen wie der Tini Blutt, der nahm denn Buben mit aufs Feld zum Heuen, sagt er und legt das Hörrohr auf den Tisch. Kastrieren, sagt der Luis und trinkt seinen Quintin aus. Er nimmt eine Rössli aus der Schachtel. Die Silvia streckt ihm ein brennendes Zündhölzchen hin, mp mp. Die Tante stellt dem Gion Baretta einen neuen Kübel hin und dem Otto eine grosse Flasche. Sie holt der Silvia einen Caffefertic und eine neue Schnapsflasche und dem Luis einen Quintin. Der Gion Baretta schüttet aus seinem Flachmann Schnaps in seinen Kübel. Er zittert. Der Otto zündet sich eine Krumme an. Der Gion Baretta nimmt aus seiner Tschopentasche eine Zigarre, jetzt aber, sagt der Otto, der noble Herr hier raucht Zigarren, und nicht nur Gestümp. Der Gion Baretta hält sein Hörrohr ans Ohr, oh beim Bartolome hat sich sogar der Landammann Caderas höchstpersönlich um den Fall gekümmert, gute Arbeit gemacht, das war halt ein fröhlicher, der Landammann Caderas, sagt der Otto, und der hat schon dafür gesorgt, sagt der Gion Baretta, dass unser Dorf nicht gerade in Schimpf und Schande versank, nicht dass es plötzlich hiesse, wir seien doch alle die gleichen Schweine, sind wir denn nicht, gell. Ich weiss noch, als der Caderas gewählt wurde, da hielt man das noch einfach, Hand aufstrecken bei der Landsgemeinde, und er war gewählt, oder eben nicht, sagt der Otto und trinkt, buah, ist das denn gut, dein Bier, und eine schöne Farbe hat es, meine Lieblingsfarbe, und kurz vor der Landsgemeinde stand der Kandidat Caderas, einer der Lavina Nera versteht sich, plötzlich in der Helvezia und zahlte uns Runden, ein ganz ein Simpatic das, so dass wir denk auch für ihn gestimmt haben. Panem e circensis, sagt die Silvia und zündet sich eine Select an. Das war halt der Brauch, sagt die Tante, eine ganze Horde Anwärter auf Politik habe ich schon hier drin gehabt, das gehörte sich, sagt sie, vor der Wahl gingen die Kanditaten von Dorf zu Dorf und zahlten in den Beizen Runden, und nach der Wahl, wenn die denn glückte, kamen sie zwar nicht mehr persönlich vorbei, aber sie riefen an und bedankten sich, und die nächste Runde gehe denn auf sie. Der Landammann Caderas, als das vom Bartolome war, war der am Abend hier bei mir und hat Bier getrunken, sagt die Tante, und hat erzählt von denen aus Ruschein, das seien denn grausame Säufer du, grad so hat er das gesagt, aber fortzu gelächelt, Barbaren seien das, da habe er gleich nach der Wahl zum Landammann, noch am Sonntagmittag, im ganzen Tal herumtelefoniert und gesagt, er zahle die nächste Runde, und nach Ruschein ins Restaurant Alpina habe er auch angerufen, basta, am Mittwoch darauf habe der Wirt der Alpina ihn angerufen und gefragt, wie lange sie noch trinken dürfen. Sie lächelt, ui, der war immer noch sternafarruct, und das noch so viele Donnerstage später, aber lächelte dann schon noch, eine Kuh und zwei Schafe habe er verkaufen müssen, um das abzuzahlen, was die Bande aus Ruschein zusammengesoffen habe.

Ja die Ruscheiner sind elende Trinker, trinken ohne Halt und Verstand, sagt der Otto und schenkt vom Bier nach. Das war doch der fröhliche Caderas, der Landammann, der als Bub den grossen Wald abbrannte, sagt die Silvia, oh scho sicher hat der den ganzen Waldhang angezündet, der Clepper, sagt der Luis, ein kleiner Bengel noch, dass so ein Keckerli so was anrichten konnte, ui wie das brannte, Flammen so weit man sah, das ganze Tal stand in Flammen, ein Flammenmeer bis rauf in den Himmel hinein, und wir versuchten mit Eimern und Schläuchen die Wut zu zähmen, während der dicke Pancraz in der Kirche an der Orgel mit seinen verkrüppelten Fingern den Herrgott aufs übelste beschwörte, schweissgebadet, die Glocken läuteten Sturm, und durchs Kirchschiff donnerten Gebetssalven auf die Muttergottes und ihre ordentlichen Schwestern, Erbarmen, dass es denn regnen möge, und so erhörte Gott uns, und es kam der Regen, sieben Tage ununterbrochen regnete es. Karriere mit der Politik hat er trotzdem gemacht, Landammann wird denn nicht jeder, gell, sagt der Otto.

Der Gion Baretta bläst den Rauch aus. Ja söttigs wie der andere hier raucht, so nobles Handgerolltes auf Schenkeln konnten sich denn nicht alle leisten, sagt der Otto, und sowieso, ist denk nachgewiesen, von Spezialisten von Chur hinauf mit Lederkoffern, dass die Crusch Alva, als sie das dritte und endgültige Mal abbrannte, das schöne Hotel, oh schon ein schönes

Hotel war das, sagt der Alexi, ein Räuberhaus, sagt
der Luis, zum ans Herz drücken, sagt die Silvia, von
einer Zigarre angezündet, stellt euch vor, eine Zigarre
grad so eine wie diese hier vom Gion Baretta, die man
auf schönen Schenkeln gerollt hat, sagt der Otto und
macht grosse Augen, drinnen sassen die Herren beim
Veltliner und tranken und lachten wie Kühe, und der
Dachstock brannte. In Heukörben an Seilen schaffte
man Kinder und Frauen zum Fenster hinaus, nur der
Landammann Caderas zum Glück, nur der kam um
in den Flammen, hatten denk alle vergessen, dass man
ihn unter den Tisch getrunken hatte, der vertrug halt
nichts, sagt der Luis. Huhu, ruft der Giacasep, als
er die Eingangstüre der Helvezia mit dem Fuss auf-
stösst, oh schaut mal was ich hier habe, er lacht und
eilt mit der Grossmutter auf dem Arm zum Stammtisch rüber, oh draussen im Garten gefunden, schmick
schmack ganz nass, er setzt die Grossmutter der Silvia
auf die Knie und trinkt den Kübel vom Alexi im Stehen aus. Das Kabel von seinem Kopfhörer hängt herunter. Der Giacasep nimmt die Sonnenbrille ab, oh
die ist denk aus meinem Schrubasladen, oh da gab es
denk alles, oh auch Schokolade, Cailler, und Amster-
damer, er steckt sich eine Marocän an, ist denn heute
niemand gestorben, fragt die Grossmutter, die Tante
bringt dem Giacasep und dem Alexi einen Kübel, die
Grossmutter, diese hier und ich, gell du, er klopft ihr
auf den Rücken, oh im Fernsehen sind wir gekommen
wir zwei, gell, die haben uns Sachen gefragt, im Fern-
seher drin waren wir und schauten raus und haben

gewinkt, oh als die Crusch Alva abgebrannt ist schon wieder, er trinkt den Kübel aus und lacht, oh und dann haben die gesagt, dass man zur Frau schauen müsse, oh die Frau mit dem Mikrofon denk, ui war die denn hübsch madonna mia, und was für Glocken die hatte du meine Güte, das ist Kitzbühl, habe ich gedacht, und nicht winken, oh halt die Grossmutter wieder, gell, immer am Winken, sagt er, und schau nicht ins Rohr, habe ich ihr gesagt, he das macht man doch nicht, oh und dann haben sie gefragt, wo ist der Bürgermeister, meine Damen und Herren habe ich gesagt, wie die im Fernsehen, genau gleich, oh im Schweinestall ist der Bürgermeister denk, habe ich gesagt, geht nur rüber und schaut, man erkennt ihn schon, oh er trägt einen Hut, er lacht und zündet sich eine neue Marocän an und raucht sie runter, oh denk nur ein bisschen lustig machen, wenn alles schon so traurig ist. Er trinkt den Kübel vom Alexi aus, buah. Die Tante bringt zwei neue Kübel. Und dann war ich wandern mit der Brille, sagt der Giacasep und steckt sie in die Tasche von seinem Schilet, oh halt wandern ein bisschen, iu in einem Tempo juhui bin ich denn gegangen also schon, ahh der Heilige Friede dort oben im Schräghang, oh schon weit und breit kein Schwanz und ich in einem Tempo da hoch, oh da kommen zwei entgegen mit grossen Sonnenbrillen grad wie diese hier, sagt er und nimmt seine Sonnenbrille wieder aus der Tasche und setzt sie sich auf, genauso gross wie diese hier und grün und nicht gelb, und mit Hüten wie Pistolers und Rohrspiegels und

Socken bis zu den Knien, oh und Rucksäcke auf dem Rücken denk, und in der Hand einen Stock bis zum Hals, oh aber sonst haben die halt schon huara wenig angehabt, ganz Nackte getroffen beim Wandern, oh du heiliger Schissdräck, er trinkt seinen Kübel aus und zündet sich eine neue Marocän an, oh grad zwei Nackte, dass du alles gesehen hast denk, Pimperlis und alles denk gesehen, und dann noch grad zwei auf einen Schlag, oh du heilige Maria, gell, abgerannt bin ich, furt. Er trinkt das Bier vom Alexi aus, danke mein Freund, und zündet sich eine Marocän an, und dann bin ich die Strasse reingegangen, oh hier haben die Strassen denk keine Namen, wo denkt ihr denn hin, und da lag ein Arm am Strassenrand, oh ein Arm, oh wer hat denn einen ganzen Arm verloren, habe ich gedacht, und das am Sonntag, wenn andere wandern gehen, und ich habe ihn über die Böschung ins Gebüsch geworfen, weil ich denk immer noch am Wandern war, oh das geschieht dem grad recht, habe ich gedacht, das ist sicher der, der uns die Kanäle von den Häusern geklaut hat, oh wo es doch so schifft, die Tante bringt zwei neue Kübel, und dann habe ich gedacht, ich muss den Arm wieder holen in der Böschung, sonst kommt die Polizei, oh du heilige Scheisse, nur nicht die Polizei, und dann kommt die Polizistin, das ist das schlimmste, mit Kniesocken bis zu den Knien, und frisst eine Banane, oh nichts Schlimmeres als das, und dann sperren sie mich wieder ein oder erschiessen mich in den Rücken mit drei Schüssen, gell mon cherie, er klopft der Grossmutter auf den Rücken und trinkt den Kübel vom Alexi aus und nimmt einen Hammer aus der Tasche, oh schaut, er lacht und zündet sich eine Marocän an, oh sollen sie doch kommen, die Schweine, und als ich in Berlin war und am Fernsehturm hochgeschaut habe auf dem Alexiplatz, er trinkt seinen Kübel aus, oh da habe ich gedacht, du heiliger BimBam, jetzt falle ich rauf in den Himmel hinein.

Der Giacasep schlägt die Türe hinter sich zu. Wenigstens ist er ruhiger geworden, sagt die Tante und zündet sich eine Mary Long an. Ein ganzes Jahr ist er mal verschwunden, sagt die Silvia, komm, setz dich doch da hin, sagt sie zur Grossmutter, und ist dann zur Türe der Helvezia reingekommen, als sei nichts gewesen. Ein ganzes Jahr Auto gefahren ist er, sagt die Tante. Sie steht auf und geht hinter das Buffet. Aus dem Schrank nimmt sie ein kleines Glas und füllt es, trink mal ein Schnäpsli, sagt sie und stellt das Gläschen vor die Grossmutter auf den Tisch. Ha, fragt die Grossmutter, wer war dieser Mann, ist das der neue Pöstler. Nein, das ist dein Sohn, sagt die Tante. Salat habe ich im Garten holen wollen, sagt die Grossmutter, soll ich heute ein altes Carnikel kochen und Scapettis. Die Tante nimmt der Grossmutter das Gütterli mit dem Weihwasser aus der Strickjacke und drückt es ihr in die Hand, jetzt kannst du reinschütten. Soli, und jetzt trink auf die Heilige Margriata. Und er hier, sagt der Luis, kriegt er auch etwas vielleicht, nicht dass er verdurstet, auch unserem Frisör einen Kübel, sagt die Tante und stellt ihm einen hin. Und jetzt trink verdammt nochmal, schreit der Luis und schlägt mit der Faust auf den Tisch. Ha, fragt die Grossmutter. Der Baraccus ist auch verschwunden, ein guter Nachbar war das, trank halt recht, brutale Baraccas machte der, war aber ein kühner Trinker, ich habe keinen mehr gesehen, der denn mit so viel Meisterschaft trank, nicht mal im Tirol, sagt der Gion Baretta und hält das Hörrohr ans Ohr, nur dass er nicht mehr zurückgekehrt ist, weiss der Herrgott, wo der hin ist. Die Tante stellt ihm einen neuen Kübel hin, und der Gion Baretta schüttet Schnaps aus seinem Flachmann rein. Der Baraccus, damit er wieder nach Hause fand in der Nacht, sagt der Gion Baretta, der war halt gerne in den fröhlichen Häusern in der Stadt, in Ilanz denk, der lief die Zugschienen entlang, um wieder zurück ins Dorf zu finden, da kannst du nicht viel falsch machen, sagt der Otto und hebt die Hand zur Tante, da windete es das Tal hinunter, Bergwind halt, und stürmte fürchterlich, als wir in einer Oktobernacht aus der Stadt nach Hause liefen, sagt der Gion Baretta, und der Baraccus drehte sich auf den Zugschienen um, um sein Zigarettli anzuzünden, und lief dann weiter geradeaus, halt in die falsche Richtung, er trinkt seinen Kübel aus, ich merkte erst, als ich im Dorf ankam, dass er nicht mehr neben mir lief. Nie mehr gesehen, sagt der Gion Baretta und legt sein Hörrohr auf den Tisch.

Was machst du denn mit der Trompete, fragt die Tante mit einer Mary Long im Mund die Grossmutter, das ist keine Trompete denk, sagt der Otto, eine Tiba ist das, oh viel anders als eine Trompete sieht dieses Ding denn nicht aus, sagt der Alexi, länger einfach und ohne Knöpfe, gib mal her, sagt der Otto und nimmt der Grossmutter die Tiba aus der Hand. Es müsste wieder mal regnen, sagt die Grossmutter. Der Otto setzt die Tiba an und bläst rein. Jetzt aber, Kopfertori, sagt der Luis, der Otto grinst. Oh tu noch so, sagt der Alexi, das kann der andere dort auch mit seinem Hörrohr. Jo sep mein i au, sagt der Otto, als ich auf der Alp war ob Meierhof, auf der Stavonas, unterhalb vom Sez Ner, und die Friederike auf der anderen Seite, auf der Brigelser Alp denk, habe ich ihr die Tiba gespielt jeden Morgen und Abend, und die Friederike auf der anderen Seite, hatte die denn eine schöne Tiba, und wie die glänzte in der Sonne, die stolzeste Tiba im ganzen Kanton hatte sie, und sie antwortete mir auf ihrer Tiba, die schönsten Lieder habe ich ihr gespielt damit, und wie schön die Culör von ihrer Tiba war, da bekam man weiche Knie sofort und vergass all die Kühe und den Mist um einen herum, den ganzen Dreck, wenn man sie hörte. Ja das ganze Tal farruct gemacht habt ihr mit eurem Gehupe, sagt der Luis, ein Gedröhne den ganzen Tag lang bis spät in die Nacht hinein, und wie hätte man da in Ruhe einen Quintin trinken sollen, er wischt sich mit dem Handrücken über den Mund, aufschrecken tat man jedes Mal, wenn es wieder losging mit eurem

Gedudel, dass es einem den teuren Veltliner über die Hemden verschüttete.

Die Grossmutter stupst die Tante mit ihrem Gütterli an, lass uns doch ein Lied singen, ina canzun, sagt sie und lächelt, eines dieser schönen Loblieder auf die Heilige Hildegard und ihre einfachen Schwestern, komm, hier hast du noch ein Schnäpsli, sagt die Silvia und schenkt ihr und sich vom Schnaps ein. Oh wie die Sirenen durchs Tal heulten, wie Wölfe heulten sie, als der Himmel zutat, schlimmer als das Trompeterwerk der Engel im Himmel war das, sagt der Luis, das will ich denn nicht nochmals erleben müssen, und dann, wie dunkel das wurde so plötzlich, gib noch einen Quintin, der Teufel war wieder am Werk, der verdammte Höllenhund, sagt der Luis, und wie der seine Winde durch Täler und Senken trieb, wo sich der Wald doch endlich wieder etwas erholt hatte vom Brand wegen dem Saubengel. Die Tante bringt dem Luis einen neuen Quintin. Ja schwarze Hügel wo man hinschaute, sagt der Alexi, das weiss ich denk noch genau, nichts als schwarze Wüste, und endlich blühte und wuchs und gedieh es wieder ein bisschen immerhin, sagt der Luis, und dann hat der Wald, das was denn noch davon da war, auch noch weichen müssen, was haben wir denn verbrochen, ha, sobald man wieder aufsteht, kommt der nächste Tritt in die Eier. Der Alexi streicht sich über die Frisur. Ohh was für Winde Kopfertelli, sagt der Luis, also schon Kopfertelli, jagten uns Hut und

Haar vom Kopf oh Kopfertami, buaahh, wie die denn schweinekalt und bitter über Hügel und Kanten und Felsen fegten, porca putana, und Bäume knickten einfach so, gell, kracks, als wären es Streichhölzer, oder gleich mit Wurzeln riss er sie aus und schleuderte sie durch die Luft, oh isch doch wohr, piano piano, sagt der Otto, nichts piano, sagt der Luis, selber piano, die ganzen Ställe, bis auf den allerletzten Drecksstall im ganzen Tal, alles haben die Windsbräute uns zusammengelegt, Kleinholz draus gemacht, ja, und furt und fort getragen, sep scho sicher, nicht ein einziger Stall stand mehr nachher, und dann all das schöne Getier, den ganzen Bestand, oh jeden verdammten huara Krüppel hat das Höllenschwein uns über die Abgründe getrieben, der primitive Siech, als müssten wir auch noch all die Sünden unserer Vorfahren abbezahlen, oh was für eine brutale Verwüstung. Er trinkt seinen Quintin aus. Und nachher war es ziemlich trocken, sagt der Alexi, was ziemlich trocken, sagt der Luis, oh denn schon ziemlich trocken, gell, eine Schweinehitze wie in der Sahara war das hier. Die Tante stellt ihm einen neuen Quintin hin, ist ja gut, bist ja ganz rot, nimm zuerst mal einen Schluck, hast ja recht, ziemlich trocken war es. Der Luis trinkt seinen Quintin aus, buah, er streicht sich mit dem Ärmel über den Mund. Die Tante stellt ihm einen neuen Quintin hin. Ja, ziemlich alles verdorrt, kann man schon so sagen, sagt der Otto, die Erde mochte nicht mehr wirklich etwas hergeben, etwas Weniges an Kartoffelwerk, aber damit war halt noch nicht wirklich gegessen. Er trinkt sein Bier aus, und waren einem die Viecher nicht im Sturm erschlagen worden, so krepierten sie einem jetzt, oh jo.

Und nach den Stürmen und Winden, oh dann kamen all die Gewitter und der Hagel und dann tagelang der Regen, wochenweise fast, sagt der Gion Baretta und hält das Hörrohr ans Ohr, hat die ganzen Hänge mit sich genommen, wo doch kein Baum mehr stand, der hätte den Hang halten sollen, Rüfen auf allen Seiten, dass man nicht mehr wusste, in welche Richtung zu fliehen, aber zu verlieren hatten wir ja schon lange nichts mehr, so dass wir auch aufgehört haben mit dem Gebete und die Revolver abgegeben haben, oje, oh näher, mein Gott, zu Dir, sagt er und legt sein Hörrohr auf den Tisch, als sei unsere Zeit abgelaufen. Ich nähme dann noch einen Caffefertic, sagt die Silvia zur Tante, ich denn einen Quintin, sagt der Luis und hebt sein Glas, eine grosse Flasche für mich, sagt der Otto, und du einen Kübel, fragt die Tante, der Gion Baretta raucht. Die Grossmutter schläft.

Arno Camenisch, Ustrinkata

© 2020 Engeler-Verlag, CH-4325 Schupfart,
alle Rechte vorbehalten.

Dieses Buch erschien zuerst im Februar 2012,
die achte Auflage im März 2020.
Lektorat Urs Engeler, Umschlaggestaltung
Marcel Schmid, Druck und Bindung
Tešínská Tiskarná in Teschen, Tschechien.

ISBN 978-3-033-03028-2

http://www.engeler-verlag.com